任性出版

不讀宋詞

日子怎過得淋漓盡致

南宋篇

道盡人生的綺麗與唏噓，
你一定也能吟唱幾句，
這是現代歌詞的靈感泉源。

文章點擊量超過75萬次、作品預售即超過12萬冊

鞠菟 ◎著

目錄

北宋篇

南宋篇

推薦序

自身之渺小，文字力量之大

《故事：寫給所有人的歷史》創辦人／涂豐恩

起初接到出版社的邀約，希望我能為鞠菟先生的新書寫幾段話，心裡其實有些猶豫與疑惑。我對宋代歷史並無深入研究，更不是詩詞專家，對於這樣一本以宋詞為主題的書，不敢說有什麼特別專業的意見。

但在閱畢書稿之後，立刻可以理解，何以鞠菟的作品會受到廣大讀者的歡迎。我想我可以從一個普通讀者的角度，分享一些閱讀過後的心得和想法。

這不是一本單純賞析宋詞的書，不是一般文學教科書式的寫法，既不是平鋪直敘的流水帳，也不是學究般執著於字句的餖飣考據。相反的，作者將宋代各種作家的生平，與他們的作品有機的聯繫在一起，帶出了每首詞的背景與脈絡。除此之外，還頗具心思的將一個個人物的傳記故事組織起來，串連成了流暢而環環相扣的故事。

閱讀這本書，好像在觀賞一幅卷軸逐漸攤開，一個接著一個畫面陸續揭曉，而其中的各種細節，讓人忍不住凝神觀看，細細品味。

但從另外一個角度看，這本書也不一定要從第一頁讀到最後一頁，而是可以隨著讀者興之所至，從任一章節開始翻閱。宋代的名人無數，從范仲淹、王安石、蘇東坡，到岳飛、陸放翁與辛棄疾，而他們留下的名句、名作，更是不計其數。這些人、這些文字組成了作者鞠菟筆下故事的根基與核心，難怪處處都有不同的精采。閱讀這本書，讀者既可以遇見那些今天人們依舊朗朗上口的字句，也可以接觸到許多並未納入教科書的作品。

經歷近千年，這些文學家的作品，依舊透過教育和流行文化，在當代人們生活及語言中生生不息的傳遞下去。一個人的生命不過數十年，而一代又一代的讀者，曾經一度又一度的沉醉於這些文學作品之中，反覆吟誦。想到這些，讓人感覺自身的渺小，卻又感受到文字力量之偉大。

作者序

在喧囂的時代，追求詩詞之美

拙作《精英必備的素養：全唐詩》（任性出版）、《不讀宋詞，日子怎過得淋漓盡致》自出版以來，受到多方關注，其間相繼有港臺朋友來詢問是否有繁體中文版。感謝任性出版，滿足了此方面的需求。

在創作本書時，筆者原以為身處這個緊張、喧囂、浮躁的時代，詩詞和歷史的題材已屬小眾，不會受到太多注目。意外的是，一經發行就有無數讀者表達，他們對本書的喜愛之情，其受眾範圍從在校師生到專業人士、從普通大眾到科研人群。這使筆者發現，對古典詩詞之美的欣賞，雖曾一度呈式微之勢，但仍有許多人，從未放棄對這種美的追求、探尋，以及對中國悠久歷史文化的熱愛。更令筆者欣慰的是，透過讀者的回饋可以發現，在走向現代文明的價值觀方面，吾道不孤。在筆者看來，這點甚至比弘揚中國傳統文化的精華意義更為重大。

基於一段眾所周知的歷史，中國在傳統文化的傳承上，出現了令人扼腕的斷裂期，而臺灣、香港地區的文化發展過程，則相對比較良性自然。據此，筆者相信本書的繁體中文版能夠在良好的文化氛圍中找到它的欣賞者。最後，衷心感謝親愛的讀者們給予的支持！

錄吾友雪落吳天為本書所題七律，為開卷之引：

摘句尋章未肯休，飄香文字幾曾留。
襟懷歷歷興亡業，吟詠瀟瀟唐宋秋。
青史風濤筆底合，紅塵花月卷中收。
開篇欲解騷人意，萬古江河水自流。

前言

幾句宋詞能道盡，亂花漸欲迷人眼

唐朝作為中國歷史上，武功強盛、文化繁榮、心態自信的偉大朝代，常常令人們悠然神往。

將近三百年間，在優越的環境中養育出的天才詩人們，如同璀璨群星，讓我們在仰望中目眩神迷。拙作《精英必備的素養：全唐詩》用一位唐朝名人，從初唐一直串到晚唐，連起眾多歷史人物之間的典故軼事。

然而正如《三國演義》開篇第一句話：「天下大勢，分久必合，合久必分。」歷史的規律不因人的情感而改變，前朝敗亡的舊事，終究在唐朝上演。朱溫篡唐後，中國進入五代十國，經歷大半個世紀的分裂亂世，直到趙匡胤建立宋朝為止，中國才在某種程度上進入新的統一時代，明亮耀眼的耿耿星河，再現於文化的天空中。大宋，以其無與倫比的優雅和寬容，與大唐相比別具一格，在中國古代文化史上，書寫了輝煌篇章。

宋詞與唐詩是中國文學史上並峙的巍峨雙峰，而宋朝那些大名鼎鼎的詩詞作者，彼此之間有著更為密集有趣的關聯和故事。現在就讓我們沿著晚唐到五代的歷史文化脈絡，漫步走入宋朝這個亂花漸欲迷人眼（按：引用白居易的《錢塘湖春行》，指繁多而多彩繽紛的景色漸漸迷住人的眼睛）的世界吧。

第十九章

周邦彥寫詞被貶，再作一首卻跳級升官

李之儀作完那闋流傳千古的《卜算子》，正要離開江邊，只見遠遠來了兩匹馬，當先一人身穿官服，身材挺拔面色青黑，望之似曾相識。待得走到近處細看，那人容顏醜陋、眉目劍拔弩張，正是自己的舊日好友。

愁似梅子黃時雨

舊友重逢，端叔忍不住興奮的叫道：「賀鬼頭，如何在此處？」對方聽得叫聲，跳下馬來奔到李之儀身邊，緊緊握住他的雙手，哈哈大笑：「端叔，我早知道你在太平州，不期在此江邊相遇！」

李之儀回頭見歌伎楊姝因看了那人的長相，似乎有些害怕，連忙介紹：「這位大人姓賀，名鑄，字方回，小我四歲，乃是我多年的故交。因為容貌粗放些，朋友們都稱他為『賀鬼頭』。妳莫要害怕，其實他還有一個好聽之極的雅號『賀梅子』。」楊姝聽了，微笑問道：「莫非源自那句大名鼎鼎的『梅子黃時雨』？」原來賀鑄有一闋《青玉案》：

凌波不過橫塘路，但目送，芳塵去。
錦瑟華年誰與度？
月橋花院，瑣窗朱戶，只有春知處。

飛雲冉冉蘅皋暮，彩筆新題斷腸句。
試問閒愁都幾許？
一川煙草，滿城風絮，梅子黃時雨。

要問**「愁」這種情緒怎麼來形容呢？**其悠遠好比一川煙雨籠罩的青草；其瀰漫好比滿城的飛絮；其綿長不斷令人煩惱，好比梅子黃時的細雨。這樣唯美的比喻，只要想出一個就能成為名句，賀鑄居然一連用了三個，而最後一個最為形象貼切，迅速不脛而走，很快大家便稱呼他為「賀梅子」。江南每年農曆三、四月間，霪雨霏霏連月不開，令人身心不暢，謂之「梅雨」，便是這「梅子黃時雨」了。

原來賀鑄此時被任命為太平州通判，沒想到在赴任的路上遇到老友李之儀。兩人他鄉遇故知，欣喜之情不難想像，當下盤桓數日，詩酒盡歡。端叔賦得一首《邂逅故人》：

已將身世等浮雲，又向江邊得故人。
數日暝寒埋雪意，一番佳境為時新。
村醅淡薄聊資笑，洞戶深閒自有春。
已幸鄰封同寄老，卻應風月費精神。

劍吼西風賀鬼頭

賀方回在當時已經是一位傳奇，不僅因為他具有和粗陋容貌不相匹配的細膩文思，還因為他性格豪爽、愛吹牛。

他也很喜歡議論時事，批評起人來毫不客氣，哪怕對方是炙手可熱的權貴。對方就算恨得牙根癢癢，拿賀鑄也沒什麼辦法，因為這傢伙出身太好，是宋太祖結髮妻子賀皇后的族孫，自己娶的夫人趙氏則是濟國公趙克彰之女，可謂革命家庭根正苗紅。他還說自己是唐朝詩人賀知章的後裔，因為賀老住在慶湖（按：即賀知章作的《回鄉偶書・其二》中「唯有門前鏡湖水，春風不改舊時波」那個鏡湖，以前還有個名字叫「慶湖」，現在有個更為雅致的名字叫「鑑湖」），故方回自號「慶湖遺老」。

賀鑄的名言是：「吾筆端驅使李商隱、溫庭筠常奔命不暇。」估計除了他自己，很少有人是這麼認為的。當時還有一位牛氣哄哄的異人，就是大名鼎鼎的米芾（按：音同符），兩人年紀只相差一歲，每次碰到一起，就像火星撞地球，可以從早辯論到晚，從怒目相向發展到肢體接觸，最後誰也不服誰，唯恐天下不亂的旁觀者們最喜歡看這種熱鬧。

古代的很多讀書人手無縛雞之力，賀鑄卻非如此，論到動筆他誠然勝不過李商隱和溫庭筠，論到動手則確實遠勝。

他有個同事是貴二代，平時驕橫狂妄，一向瞧不起賀鑄，沒事就故意與他爭執不下。

有一天上班時，方回突然將旁邊伺候的小吏都遣出去，將辦公室門一關，就剩下他們兩人，然後手拿一根大棒，指著那貴公子厲聲問：「某月某日，你盜竊了某某公物來做私用，可有此事？某月某日，你又盜竊了某某公物藏到自己家中，可有此事？」

貴公子嚇得臉色發白，心想這些我偷偷做的事情你如何盡皆知曉，趕緊承認實有此事。賀鑄冷笑道：「如果你願意讓我懲治，就不去告發你。」貴公子雞啄米一般點頭應承。方回把這小子的上衣扒了露出後背，掄起大棒打了幾下，貴公子受痛不過，哀哭磕頭求饒。賀鑄哈哈大笑，丟下大棒讓那小子滾蛋。

從那以後就再沒有人敢招惹賀鬼頭了。他的代表作之一《六州歌頭》，很能反映出這種豪俠性格：

少年俠氣，交結五都雄。
肝膽洞，毛髮聳。立談中，死生同。一諾千金重。
推翹勇，矜豪縱。輕蓋擁，聯飛鞚，斗城東。
轟飲酒壚，春色浮寒甕，吸海垂虹。
閒呼鷹嗾犬，白羽摘雕弓，狡穴俄空。樂匆匆。
似黃粱夢，辭丹鳳。明月共，漾孤蓬。

官冗從，懷倥傯。落塵籠，簿書叢。
鶡弁如雲眾，供粗用，忽奇功。
笳鼓動，漁陽弄，思悲翁。
不請長纓，系取天驕種，劍吼西風。
恨登山臨水，手寄七弦桐，目送歸鴻。

我們很容易看出，**南宋辛棄疾的風格頗受賀鑄此詞影響**。這首是典型的豪放詞，方回還有一首非常婉約的代表作，就是他的悼亡詞《鷓鴣天》：

重過閶門萬事非，同來何事不同歸？
梧桐半死清霜後，頭白鴛鴦失伴飛。
原上草，露初晞。舊棲新壠兩依依。
空床臥聽南窗雨，誰復挑燈夜補衣？

賀鑄年過半百時在蘇州閒居了三年，期間與他同甘共苦多年的妻子趙氏逝世。後來他故地重遊時，物是人非思念亡妻，於是寫此詞以寄託哀思。因為有「梧桐半死」之句，賀鑄

▲ 賀鑄的《六州歌頭》，不但反映出他的豪放，更影響南宋辛棄疾的風格。

又將這個詞牌稱為「半死桐」。這是在中國詩詞史上能**與元稹的《遣悲懷》**、**《離思》**、**蘇軾的《江城子》並列的悼亡名篇**。

從前經常有人將宋朝詞人分成婉約派和豪放派，甚至有人認為婉約派是頹廢的、消極的、落後的，豪放派是健康的、積極的、進步的。如果我們將《六州歌頭》和《半死桐》對比著看，就會發現一個很有意思的問題：賀鑄是屬於婉約派還是豪放派？蘇軾又是屬於婉約派還是豪放派？所以，將詞人分類成豪放派和婉約派是不靠譜的，咱們只能將一些風格明顯的詞作分類成豪放詞和婉約詞而已。

敗家皇帝

蘇軾和他的門人弟子朋友基本都是在宋徽宗年間去世，這實在是一種幸運，因為可以不用親眼看著，千年少見的超級敗家子趙佶是如何把大宋錦繡江山敗完的。如果他們活得再久些，最後大部分人不是死於戰亂，就是當女真人的俘虜。

趙佶什麼事都會，就是不會當皇帝，主要是不會用人。如果想得到徽宗的寵信，最便捷的法門是和他在文藝娛樂方面有共同語言，比如高俅是因為球踢得好；蔡京則是因為字寫得好。

有一年盛夏，蔡京在汴梁城北門處理公事，手下兩名小吏各自手持一把團扇，畢恭畢敬的為他搧涼風。蔡京心裡一高興，提筆蘸（按：音同站）墨為他兩人各自在團扇上手書杜甫詩一聯。

沒過多久，這兩名小吏都穿上京城最昂貴的訂製時裝，家裡也裝修一新，顯見得是發了一筆洋財，原來是還在當端王的趙佶出價兩萬貫錢，買走這兩把扇子。趙佶登基後，有一次和蔡京飲宴提及此事：「愛卿當年手書的兩把團扇，現在還被朕收藏在皇宮之中。」

可惜蔡京雖然字寫得極好，人品卻極壞，是導致北宋政事糜爛、國家滅亡的「六賊」之首。靖康元年金軍侵宋之際，蔡京舉家南下躲避戰亂。天下士人請求朝廷嚴懲罪魁，於是蔡京一路被降至東坡曾經的貶謫之地儋州。儘管**攜帶了巨額盤纏**，但「京失人心」，百姓不肯賣東西給他，最後**餓死於流放途中**。

宋徽宗不但用人唯玩，在男女之事上也是花樣百出，三宮六院幾千佳麗還不夠，還偷偷微服出宮到外面去找京城名妓李師師，妻不如妾，妾不如偷。他自以為掩人耳目沒有影響到天子的聲譽，其實青樓自古都是靠六扇門罩著，白道和黑道又是一家，所以到後來連梁山泊的強盜都知道，李師師是皇帝的女人。如果想被招安重回體制內，走李師師的門路請她去吹枕邊風，比賄賂大臣請他在朝堂上奏事更為管用。

按《水滸傳》的描述，一身刺青的浪子燕青用美男計打動了李師師，達到了千軍萬馬血戰衝殺都達不到的目標，終於幫助厚黑大師宋江哥哥，完成了投降洗白的宏偉大業。

寫一首詞暴露皇帝青樓行

關於李師師和宋徽宗的特殊關係，很可能實有其事。當時的著名詞人周邦彥，字美成，比陳師道小三歲，本來也是李師師的座上常客，但總歸要按照皇帝的活動規律迴避一下。有一天，他聽說徽宗偶染微恙（按：偶然生了小病），心想這是個安全的機會啊，就跑去點了李師師的牌子。哪知道才剛進屋，連椅子還沒坐穩，李師師的貼身侍女就匆匆來報：「官家已到門外！」

周邦彥被堵在屋內，情急之下只好趕快鑽到床底下暫避。只聽得外面徽宗笑語：「師師，朕今日特地帶來了江南新進貢的鮮橙，與妳一同享用。」李師師忙道：「多謝聖上！」隨即親手用并州出產的鋒利小刀剖開柳丁，兩人甜甜蜜蜜的分食。

卿卿我我一陣之後，師師柔聲問：「聖上今夜住在哪裡？已經三更時分，行路艱難，不如別走了。」徽宗被她這麼一提醒，連忙站起身來：「已經三更了嗎？愛因斯坦那個相對論的比喻打得好，和美女在一起時間過得真快。今天身體不適，還是早點回宮歇息了。改日再來看妳。」

天子前腳剛出門，周邦彥趕緊從床底爬出來，欲哭無淚的慢慢伸展早已蜷縮得僵硬發麻的肢體，一邊叫李師師：「妳快幫我準備紙筆，我有了一首好詞！」當下便揮毫寫下一首《少年遊》：

并刀如水，吳鹽勝雪，纖手破新橙。
錦幄初溫，獸煙不斷，相對坐調笙。
低聲問：向誰行宿？城上已三更。
馬滑霜濃，不如休去，直是少人行。

此詞意態纏綿而文字清新，「情深而語俊」，李師師吟之大愛。幾天後徽宗龍體稍安，又帶了幾個柳丁來密會。師師為他唱曲之時，不自禁就把這首《少年遊》唱了出來。徽宗一聽，頓時明白那日房內另有他人在，大怒問道：「此詞何人所作？」師師不敢隱瞞：「乃是周邦彥。」徽宗眉頭緊鎖：「哼，此人的名字朕似乎聽過。現居何職？」師師答道：「好像在開封府做個監稅官。」

醋意大發的徽宗回去就把蔡京叫來訓話：「聽說開封府有個監稅官名叫周邦彥的，收稅業績一塌糊塗，為什麼開封府少尹不處理他？」蔡京一看平時對管理國事毫無興趣的皇帝陛下，居然火冒三丈的問責這麼一個芝麻小官的工作表現，一時丈二和尚摸不著頭腦，只好唯唯諾諾：「容臣退朝後馬上問開封府少尹，一搞清楚就來回稟陛下。」

蔡太師回去立刻招來開封府少尹，把徽宗的話轉給他聽。少尹也很狐疑：「啟稟太師，卑職所轄這麼多監稅官中，唯有周邦彥的收稅額穩步增加，業績最好。」蔡京搖頭道：

「管他業績如何，既然上意如此，只得遷就。」遂下令宣布周邦彥工作態度鬆散，貶成個更小的官，限期離開京城。

過了兩天，徽宗又跑去李師師家，不料卻撲了個空。一問其家人，說是給遠行的周監稅送行去了。徽宗聽得情敵周邦彥這麼快就被趕出京城，心中大喜，暗讚蔡京執行力強可堪大用，便安坐下來等師師。不料左等右等，也等不到人，直等到月上半天了師師才回來，還一臉愁容淚痕未乾。

徽宗忍不住又發飆：「妳跑到哪裡去了？」師師趕緊道歉：「妾萬死！因為周邦彥得罪，今日離京，妾去略略奉上一杯薄酒相送。不知恰巧官家到來，累得久等。」徽宗幸災樂禍的問：「此人不是善於作詞嘛，離別京城之際可有填一闋？」師師點頭：「他確實填了一闋《蘭陵王》。」徽宗冷冷道：「既然如此，妳且唱來聽聽。」

師師聞言，斟了一杯酒，雙手奉給徽宗，微笑道：「那請官家滿飲一杯，容妾唱此一曲，祝官家萬壽無疆！」便開口唱了周邦彥的這首《蘭陵王・柳》：

柳陰直，煙裡絲絲弄碧。隋堤上、曾見幾番，拂水飄綿送行色。
登臨望故國，誰識京華倦客？長亭路，年去歲來，應折柔條過千尺。
閒尋舊蹤跡，又酒趁哀弦，燈照離席。梨花榆火催寒食。

愁一箭風快，半篙波暖，回頭迢遞便數驛，望人在天北。

淒惻，恨堆積！漸別浦縈回，津堠岑寂，斜陽冉冉春無極。

念月榭攜手，露橋聞笛。沉思前事，似夢裡，淚暗滴。

只聽得歌聲婉轉音調悠揚，一曲既罷餘音繞梁。徽宗是藝術修養極高之人，一聽之下起了愛才之念，轉頭對門外侍者言道：「你記著明日告訴蔡京，派人去將周邦彥召回京來做大晟樂正，負責宮廷雅樂。」周邦彥居然因此升官，算是因禍得福，祖墳上冒了青煙。

據傳李師師在靖康之禍後流落南方，偶然遇見詩人劉子翬（按：音同揮）。劉子翬是朱熹的老師，被錢鍾書先生稱為「詩人裡的一位道學家」，意思是本質上更算詩人，他的組詩《汴京紀事》中最後一首如下：

輦轂繁華事可傷，師師垂老過湖湘。

縷衣檀板無顏色，一曲當時動帝王。

詞中杜甫

宋代的詞都是配樂唱出來的，詞牌與音樂不分家。周邦彥對音律非常在行，自己會作曲，所以在詞界的地位很高。他被一些人推舉為婉約詞的集大成者，還有個雅號「詞中老杜」。筆者對他的詞沒有特別的愛好，比較認同王國維先生在《人間詞話》中的看法：「美成深遠之致，不及歐（陽修）、秦（觀），唯言情體物，窮極工巧，故不失為第一流之作者。但惟創調之才多，創意之才少耳。」然而靜安（王國維之字）先生也有一首很欣賞的周詞《蘇幕遮》：

燎沉香，消溽暑。鳥雀呼晴，侵曉窺簷語。
葉上初陽乾宿雨，水面清圓，一一風荷舉。

故鄉遙，何日去？家住吳門，久作長安旅。
五月漁郎相憶否？小楫輕舟，夢入芙蓉浦。

周邦彥是錢塘人，長期在汴京做官，午夜夢回家鄉，醒來時作了此詞，江南水鄉的美景躍然紙上。對於「葉上初陽乾宿雨，水面清圓，一一風荷舉」一句，王國維給了很高的評價：「此真能得荷之神理者。」還有一首《鶴沖天・溧水長壽鄉作》，是周邦彥在當溧水知縣時的作品：

梅雨霽，暑風和，高柳亂蟬多。
小園臺榭遠池波，魚戲動新荷。
薄紗廚，輕羽扇，枕冷簟涼深院。
此時情緒此時天，無事小神仙。

此詞用字細緻精巧，充分體現周邦彥的才氣，也樹立了他作為一縣之長，卻無所事事或者說無所作為的公務員形象。

昏德公曾憶繁華

靖康之變後，忙著和周邦彥爭風吃醋、不務正業的宋徽宗被女真人抓獲，裝在囚車裡押回金國，送到金太祖完顏阿骨打的廟宇去獻俘，一路受盡凌辱。聞報宋朝國庫財寶被金兵搶劫瓜分，徽宗面無表情；看著自己的寵妃被金將搶去凌辱，他也默不作聲；唯有聽到皇家藏書、藏畫都被擄掠一空時，他忍不住仰天長嘆，這才是他的最心愛之物。

趙佶被金國封為「昏德公」，這是有意侮辱卻又實至名歸。他被關押在韓州（按：今遼寧昌圖），這裡窮鄉僻壤與繁華汴京成了強烈對比，原本是九五至尊的趙佶過著亡國俘虜的屈辱生活，咎由自取的他寫下了一闋《眼兒媚》：

玉京曾憶昔繁華，萬里帝王家。
瓊林玉殿，朝喧弦管，暮列笙琶。

花城人去今蕭索，春夢繞胡沙。
家山何處？忍聽羌笛，吹徹梅花。

此詞的意境是否令你似曾相識？正是李煜「三千里地山河，四十年來家國」的升級版。李煜不過是江南三千里小國之主，滅於強盛的大宋其實非他個人之罪，更多的是令人生出同情之心。而徽宗是萬里大國的天子，縱使對金國進攻之力不足，自保則綽綽有餘，他偏偏能在短短二十幾年間將國家玩到滅亡，其昏庸程度令人嘆為觀止。

過了沒多久，金人把徽宗送到更遠的五國城（按：今黑龍江依蘭）囚禁，讓他和兒子在那裡「坐井觀天」，演義小說中是可憐巴巴的坐在水井裡，事實上是枯坐在四合院的天井裡。徽宗留下了一首《在北題壁》：

徹夜西風撼破扉，蕭條孤館一燈微。
家山回首三千里，目斷天南無雁飛。

杜甫的「茅屋為秋風所破」也就罷了，畢竟是天府之國的成都。但徽宗的「徹夜西風撼破扉」，可是在那冬天氣溫低至零下四十度的極北苦寒之地。他在悔恨和屈辱中捱過五年後，病死於五國城，終結了大喜大悲的一生。正是趙佶一手導致了北宋的滅亡，這原本是世界歷史上最偉大燦爛的帝國之一。

國家的淪亡則導致無數人的生活軌跡，由歲月靜好墮入戰火流離，其中包括我們所熟知的李清照，她是中國歷史上最偉大傑出的女詞人，不須加上「之一」。

第二十章

清照慵整纖纖手，胸懷眼界直逼蘇軾辛棄疾

宋神宗元豐七年，李清照呱呱墜地，蘇軾正是在這一年結束黃州的貶官生涯，到金陵會見了王安石，司馬光也是在這一年完成了鴻篇鉅著《資治通鑑》。

當宰相的小撇步：簪奇花

李清照的父親是「蘇門後四學士（按：為蘇軾文學的傳人，包括李格非、廖正一、李禧和董榮）」之一的李格非，母親是那位在神宗面前告蘇軾《詠檜詩》有「不臣之心」的宰相王珪（按：音同歸）之長女。

王珪此人說起來也是有點故事。宋仁宗慶歷年間，韓琦在揚州做官，衙署後花園中有一株芍藥乃是從沒人看過的異種。此株一枝四杈，每杈上都盛開一朵，花瓣上下均為紅色，卻有一圈金黃花蕊攔腰圍在中間。

韓琦見了大為驚異，想請三位有才學的客人來一起賞花，加上自己湊足四位，以對應四花的祥瑞。當時大理寺評事通王珪、大理寺評事僉判王安石在揚州供職，韓琦都邀了，還缺一位名士，於是他在過客中尋找。那天大理寺丞陳升之路過揚州，正巧躬逢其盛。酒過三巡之後，四人將四朵鮮花剪下，各簪一朵在頭上。此後三十年中，四位簪花人竟然都做到了宰相。這個典故便叫做「四相簪花」，被沈括記錄在《夢溪筆談・補筆談》之中。

這個芍藥品種自此被喚做「金纏腰」，又叫「金帶圍」，傳說此花一開，揚州城就要出宰相。

不過王珪為相時，夾在新舊兩黨之間，沒有什麼建樹，舒亶叫他誣陷蘇軾他就去，被章惇呸也不還口。他上殿的目的只是「取聖旨」，等神宗決定後「領聖旨」，退朝後告訴他人「已得聖旨」，所以時人稱其為「三旨相公」。

康熙年間，後來的鹿鼎公韋小寶在未發跡之前，曾因為年少頑皮在禪智寺攀折芍藥，被大和尚們一頓打罵攆將出來。

十餘年後，成為欽差大臣的韋大人駕臨揚州，想起了幼時所受的打罵之辱，不由得怒從心頭起、惡向膽邊生，一門心思要找個碴兒毀掉揚州的芍藥盛景，以報當年之仇。在席間脫口而出：「揚州就是和尚不好。」布政司慕天顏是個乖覺而有學識的人，接口道：「韋大人所見甚是！揚州的和尚勢利，奉承官府，欺辱窮人，那是自古已然。」便講了「王播碧紗籠」的故事（詳見《精英必備的素養：全唐詩（中唐到晚唐精選）》）給韋大人聽，意思是揚州的和尚一直都這樣狗眼看人低，與韋大人站在同一條陣線上同仇敵愾。

接著又為韋大人簪了一朵「金帶圍」，隨後講了「四相簪花」的故事，預祝韋大人將來必定像那四位一樣登閣拜相、加官晉爵。韋大人市井出身，本來最喜的就是聽說書故事，聽下來彩頭又好，大悅之下便放過了揚州的芍藥們。

如果文字的描述不足以讓你想像出「金帶圍」的奇特形狀，不妨上網搜索它的照片，就會理解這真是一本（第一等）奇花。

王珪的兒子王仲山生有一女，嫁給秦檜為妻，在史書上留名為「王氏」。當年秦檜奉承投降派總頭子宋高宗的旨意，將抗金英雄岳飛抓捕入獄後，因為陷害證據不足，在殺放兩難之間猶豫不決。一日他正在東窗下苦苦發呆思索，王氏冷笑道：「老東西連這點事也決定不了？捉虎易，縱虎難也！」秦檜聽了就下定決心，羅織「證據」將岳飛殺害。

秦檜死後，善良的人們覺得不能便宜了這大壞人，就編故事說他在鬼城酆都受苦，請前來探監的方士向還在陽間的老婆王氏預告「東窗事發」了，這是該成語的出典，反映出人民群眾喜歡拿「奸臣」、「妖婦」們出氣。

最高領袖總是對的，就算做錯了也是好心辦壞事，是聖聰被老婆或者奸臣遮蔽所致。對這一點，明朝「吳中四才子」之一的文徵明在他的《滿江紅》中寫道：「笑區區一檜亦何能？逢其欲。」冷冷指出所有的走狗之所以能夠成功，都是因為在做主人想做而不方便出面的事情而已。

王氏因其心思陰毒，至今還以鐵鑄之身跪在西湖畔岳廟之中供萬人唾棄。這樣說來，王氏是李清照舅舅王仲山的女兒，兩人是姑舅表姐妹，不過人品可是天差地遠。

綠肥紅瘦懶起李清照名動京師

李清照的生母早逝，將她養育成人的繼母，則是那位搶了歐陽修狀元之位（還是他的大姨丈兼小姨丈）的王拱辰之孫女。

如此的家學淵源，教出「千古第一才女」也不令人奇怪。李清照自幼隨父親在汴京長大，繁華穩定的生活環境、詩書世家的優雅氛圍，可能使得她非常喜歡學習晚唐「華岳三峰」之一韓偓的「香奩（按：音同連，香奩即婦女的化妝箱）詩」。韓偓有一首詩《懶起》，末四句為：

昨夜三更雨，今朝一陣寒。
海棠花在否？側臥捲簾看。

詩中女子很關心海棠花兒的命運，可又「懶起」，不願出門去看。其深層的心理，很可能是深知「昨夜三更雨」的威力，對嬌柔的海棠花能熬過這場風雨不抱多少希望，不願親眼看到它被摧殘敗落的結局。

美人傷春，大都為感嘆似水流年。十六歲的李清照化用此詩，寫出了一闋著名的《如夢令》：

昨夜雨疏風驟，濃睡不消殘酒。
試問捲簾人，卻道海棠依舊。

知否，知否？應是綠肥紅瘦。

惜花之人剛剛睡醒，雖然昨夜殘留的酒意還未消，第一時間便問捲簾的侍女：「妳看見院裡的海棠花兒怎麼樣了？」侍女不知道主人的心思，隨便掃了一眼就回答：「海棠嗎？還那樣唄。」

「唉，妳這個粗心的丫頭！我沒親眼看見都知道，經過一夜的疾風，應該是綠葉肥壯，而紅花殘破消瘦才對啊。」一個敏感細膩的心靈，如果身邊都是這種不解之人，會有一種發自心底的孤獨和落寞，無藥可醫。

用「綠肥紅瘦」一詞來惜花傷春，別出心裁，比之韓偓詩可謂青出於藍、點鐵成金。李格非的好友、「蘇門四學士」之一的晁補之讀後嘆為奇才，為她大力傳播，「當時文士莫不擊節稱賞」。李清照一時名動京師，開始嶄露頭角。

豪邁壯闊更勝蘇大學士

韓偓的另一首七絕《偶見》（又名《秋千》），描寫了一個俏皮可愛的妙齡少女：

▲ 惜花之人心靈敏感細膩，從花殘破消瘦，接著感受到發自心底的孤獨和落寞。

秋千打困解羅裙，指點醍醐索一尊。
見客入來和笑走，手搓梅子映中門。

這個女孩在家中院內盪秋千玩累了，便向侍女要一杯飲料。「醍醐」一詞，本意是從牛乳中提煉出的最精華部分，如果夏天澆到人頭上，來個「醍醐灌頂」，那個清涼舒爽讓你一個激靈就徹底覺悟；後來也用以指代美酒，如白居易的《將歸一絕》中有「更憐家醞迎春熟，一甕醍醐待我歸」之句。

女孩正在悠閒啜飲的時候，家裡突然有客人來訪，她自知衣裙不整有失雅觀，趕緊起身不好意思的笑著躲開了，走到門口時卻突然停下來，摘下一顆梅子在手裡搓玩，好奇的打量著來客。《論語》中孔老夫子諄諄教導我們「立不中門」，站在門口是失禮的，但女孩顯然天真無邪，完全不以老夫子的教誨為意。少女時代的李清照應該覺得韓偓詩中女子彷彿就是自己的寫照，又將這個場景化成了一闋《點絳唇》：

蹴罷秋千，起來慵整纖纖手。
露濃花瘦，薄汗輕衣透。
見客入來，襪剗金釵溜。

和羞走，倚門回首，卻把青梅嗅。

讓我們想像一下，若這是趙明誠去李格非家拜訪的情景，就有意思了。趙明誠看到年方二八的李清照，倚門回首嗅青梅的嬌俏模樣，從此一見鍾情，那應該是很浪漫的橋段。有些人說這首詞不是李清照的作品，因為其中的女孩太活潑，不像大家閨秀，「不類清照之為人」，這個觀點筆者不敢苟同。李清照從來就不是一個循規蹈矩的大家閨秀，在前面那首《如夢令》中，她已經「濃睡不消殘酒」了，而在另一首《如夢令》中，她乾脆在外面喝得酩酊大醉了才乘船回家：

常記溪亭日暮，沉醉不知歸路。
興盡晚回舟，誤入藕花深處。
爭渡，爭渡，驚起一灘鷗鷺。

從李清照少女時代的這些作品來看，**父母給了她非常寬鬆的家庭氛圍**，使得她的天才得以自由發展。她不是我們想像中那種大門不出二門不邁的閨閣女子，而是好酒、好遊、有豪氣的才女，與父親的同門師兄晁補之、張耒（按：音同壘）都有交遊唱和。

張耒在湖南浯溪湘江崖上，讀到唐代安史之亂結束後水部員外郎元結所作、太子太師顏真卿所書的摩崖石刻《大唐中興頌碑》，便寫了一首七言古詩《讀中興碑》：

玉環妖血無人掃，漁陽馬厭長安草。
潼關戰骨高於山，萬里君王蜀中老。
金戈鐵馬從西來，郭公凜凜英雄才。
舉旗為風偃為雨，灑掃九廟無塵埃。
元功高名誰與紀，風雅不繼騷人死。
水部胸中星斗文，太師筆下龍蛇字。
天遣二子傳將來，高山十丈磨蒼崖。
誰持此碑入我室，使我一見昏眸開。
百年興廢增感慨，當時數子今安在？
君不見荒涼浯水棄不收，時有遊人打碑賣。

詩文傳到汴京，李清照讀後即寫出了和詩《浯溪中興頌詩和張文潛》：

五十年功如電掃，華清花柳咸陽草。
五坊供奉鬥雞兒，酒肉堆中不知老。

胡兵忽自天上來，逆胡亦是奸雄才。
勤政樓前走胡馬，珠翠踏盡香塵埃。
何為出戰輒披靡，傳置荔枝多馬死。
堯功舜德本如天，安用區區紀文字。
著碑銘德真陋哉，乃令神鬼磨山崖。
子儀光弼不自猜，天心悔禍人心開。
夏商有鑑當深戒，簡策汗青今具在。
君不見當時張說最多機，雖生已被姚崇賣。

比起直接創作一首詩歌來，為人作和詩的難度要大得多，因為每句的尾字都要與原詩相同，還得在主題一致或者呼應的框架下寫出不一樣的內容和新意，完全是戴著鐐銬跳舞。但李清照這一曲舞蹈跳得很好，而且從尾句的語勢上看明顯意猶未盡，她接著再跳一曲：

君不見驚人廢興傳天寶，中興碑上今生草。
不知負國有奸雄，但說成功尊國老。
誰令妃子天上來，虢秦韓國皆天才。
花桑羯鼓玉方響，春風不敢生塵埃。

姓名誰復知安史，健兒猛將安眠死。
去天尺五抱甕峰，峰頭鑿出開元字。
時移勢去真可哀，奸人心醜深如崖。
西蜀萬里尚能反，南內一閉何時開？
可憐孝德如天大，反使將軍稱好在。
嗚呼，奴輩乃不能道輔國用事張后專，乃能念春薺長安作斤賣。

張耒的原詩算是泛泛的懷古，可謂中規中矩。而李清照一句「不知負國有奸雄，但說成功尊國老」為自己的兩首和詩定了調子，那就是懷古得有視角、有深度、有批判性，別那麼不痛不癢。李詩氣勢磅礴，好似刀劍縱橫，立意又高，哪像出自一個初涉世事的十幾歲少女之手？立刻就把張耒比下去了。

「何為出戰輒披靡，傳置荔枝多馬死」一句，自然讓人想起小杜的《過華清宮絕句・其一》「一騎紅塵妃子笑，無人知是荔枝來」，聯想豐富用典巧妙，令人會心一笑。

「天心悔禍」乃是前所未見的比喻，這種地方最見一個詩人的天才。「西蜀萬里尚能反，南內一閉何時開」，說的是安史之亂平定後，唐玄宗從西蜀返回長安，卻被兒子肅宗軟禁一事。

「奴輩乃不能道輔國用事張后專」，譏刺肅宗時代奸臣李輔國、張皇后亂政。全詩奔流直下，一氣呵成，詩眼在「夏商有鑑當深戒，簡策汗青今具在」一句，借古諷今，對國事表達出深切的關注。

在當時關心國家大事還是男性的專利，一介小女子有這等眼界胸懷，怎能不令世人刮目相看？李清照由此名聲大噪。此時蘇軾還健在，如果看到門人李格非的女兒有超越自己所有其他門人的資質，甚至直追老夫，當是既驚且慰。

雪膩酥香，笑語檀郎

建中靖國元年，舊黨李格非十七歲的女兒李清照，嫁給新黨趙挺之二十歲的兒子趙明誠。在《不讀宋詞，日子怎過得淋漓盡致（北宋篇）》中，雖然筆者曾大膽揣測趙挺之借低劣字謎「詞女之夫」，撮合兩家聯姻的可能動機，不過是否準確都無關緊要，重要的是新娘子對這段才貌相當的姻緣顯然很滿意。她的《醜奴兒》生動描繪新婚小兒女的閨房之樂：

晚來一陣風兼雨，洗盡炎光。
理罷笙簧，卻對菱花淡淡妝。

絳綃縷薄冰肌瑩，雪膩酥香。

笑語檀郎，今夜紗廚枕簟涼。

那位「擲果盈車」、「潘鬢消磨」的大帥哥潘安，小名叫做「檀奴」，所以後世常稱花樣美男為「檀郎」，再進一步則代指夫君或者情郎。這樣看來趙明誠的顏值不低。另一方面李清照對自己的梳妝打扮一番描繪，還自誇皮膚好，可見對外貌很自信，這一點是女子天性，與今天總在社群網站曬自拍照的年輕女孩，心態沒什麼不同。

詞中描寫清涼著裝和肌膚體香，在當時的女性作者中可算非常大膽、前衛，以至於有道學家認為這屬於「身體寫作」，還有人說如此曖昧的「豔詞」，肯定不是出於李清照之手。但筆者覺得，敢愛敢恨的李清照絕對寫得出這種調調。

愛情的新鮮水果再美味，早晚也要變成能夠長久保質的蜜餞。當新婚的神祕與好奇消退後，能夠長久維繫夫妻間密切關係的祕訣，就是有著興趣愛好方面的共同語言。在這一點上趙明誠與李清照可稱是琴瑟和諧。

當時李格非擔任禮部員外郎（按：相當於文化部某司副司長），趙挺之擔任吏部侍郎（按：相當於中國共產黨中央委員會組織部副部長。此部是共產黨中央委員會直屬機構，是中共中央在黨組織工作方面的助手和參謀），均是朝廷的高級官員。但兩家都不是累積很多財富的名門望族，所以生活一向比較貧儉。趙明誠又只是還在太學讀書的學生，沒有什麼收入。

即使如此，每個月的初一、十五，趙明誠休假回家與妻子團聚時，也必定會一同先進當鋪去典當一兩件衣物，換來五百文錢，然後去逛熱鬧的相國寺市場。

你可能還記得《不讀宋詞，日子怎過得淋漓盡致（北宋篇）》提過，年輕的黃庭堅就是在這個市場裡淘到了宋祁的《新唐書》手稿，得此祕笈後，文章水準突飛猛進，趙明誠和李清照也是來找類似的寶貝，打算買一些他們喜愛的碑文和蔬果零食回家。這些蔬菜水果是相國寺菜園出產的著名良心產品，確保由園主魯智深大和尚用有機肥澆灌培育，綠色環保好味道，也沒有基因改造方面的爭議。

有一次他倆在逛街時，還偶遇高俅之子高衙內攔路調戲東京八十萬禁軍教頭林沖的妻子，義憤填膺的李清照正打算上去美女救美，還好人家正主林沖及時趕回，妥善、友好的處理這件事，避免了事態的升級。

趙李兩人回家後，一邊啃著綠色水果，一邊把玩今天收回來的舊碑文，就像陶淵明筆下與世無爭的遠古葛天氏之民（按：葛天氏是中國上古傳說中一位賢能的首領，在位時人民安定，這裡指生活淳樸的人）一樣逍遙自在。

這樣無憂無慮的日子只持續很短的時間，隨著蔡京被重新起用，激烈的新舊黨爭把李家捲了進去。李清照出嫁後的第二年（即崇寧元年），李格非被列入「元祐黨人」黑名單（按：即元祐黨籍碑，俗稱元祐黨人碑。是宋朝新舊黨爭中舊黨三百零九人的名冊，這些人被新黨排斥，列名於碑，或囚或貶，子孫代代不許為官）而罷官。

與此同時，趙挺之因打擊舊黨得力而一路升遷。李清照為了救父，而寫給公公的詩中有「何況人間父子情」之句，求告（按：請求別人幫忙或寬恕）無效後的抱怨又有「炙手可熱心可寒」之句，都是對牛彈琴。李格非不得不離開京師，回到原籍山東章丘閒居。

還好父輩間的政治分歧沒有影響到李清照夫妻的感情。崇年二年，趙明誠太學畢業後進入仕途，有了獨立的經濟來源，夫婦兩人便共同立志：即使節衣縮食，也要盡量搜羅天下的古文奇字。這樣日積月累下來，他們的收藏品越來越多。當偶爾遇到珍貴的名人字畫價格超越他們的購買能力時，兩人就又祭出脫衣典當的法寶。好在畢竟是官宦世家，櫃裡的衣服比較富餘。

某天有個人拿來一幅南唐著名花鳥畫家徐熙的《牡丹圖》，索價二十萬文，相當於一個縣令兩年的工資，當時即使是富貴人家的子弟也很難湊出來。如果繼續典當衣服的話，大概需要四百件。夫妻倆打開衣櫃評估了一下，覺得不太現實，只能將畫留在家中點著蠟燭觀賞了一夜沒睡覺，第二天早上紅著眼睛還給了人家，然後兩人相對惋惜惆悵了好幾天。

清照人比黃花瘦，老公從此斷念頭

在蔡京的一手策劃下，對舊黨的迫害越演越烈。到了崇寧三年，居然下令凡是「元祐黨人」的子弟，無論有官無官，都不准在京師居住。此時的開封城已經沒有李清照的立錐之

▲ 湊不了錢買下徐熙的《牡丹圖》，只好在還給物主前，點蠟燭、整夜不闔眼的欣賞此畫。

地了，她只得離京回到老家去投奔父母，不得不暫時和丈夫分離。這年的重陽節，她寫了一首《醉花陰・重陽》寄給遠在京師的趙明誠：

薄霧濃雲愁永晝，瑞腦消金獸。
佳節又重陽，玉枕紗櫥，半夜涼初透。
東籬把酒黃昏後，有暗香盈袖。
莫道不銷魂，簾卷西風，人比黃花瘦。

回想新婚時甜蜜的「今夜紗櫥枕簟涼」，如今卻是獨守空房的「玉枕紗櫥，半夜涼初透」，怎能不叫人黯然銷魂？趙明誠讀了此詞嘆賞不已，堂堂男子又不願意對老婆甘拜下風，就閉門謝客，三日三夜廢寢忘食的寫了五十闋詞，將李清照的這首詞也抄了一遍混在其中，然後請朋友陸德夫來品評一番。

陸德夫仔細吟哦了好幾遍，緩緩說道：「這五十闋詞中，只有三句絕佳。」趙明誠急切追問：「是哪三句？」陸德夫答：「莫道不銷魂，簾卷西風，人比黃花瘦。」趙明誠愕然無語，**從此斷了與妻子比拼文采的念頭**。其實他寫詞輸給老婆真是無可奈何，誰讓他是古今第一詞女之夫呢？縱觀整個中國歷史，論詞作的數量和品質都能不輸於李清照的，也就蘇軾、辛棄疾等兩、三人而已。

花中第一流

崇寧五年，蔡京罷相，朝廷大赦天下，解除一切黨人之禁，李清照得以返京與已是鴻臚少卿的趙明誠團聚，算是稍稍緩了一口氣。但是第二年即大觀元年，打不死的小強蔡京居然又復相，趙挺之也被蔡京趕下架，心心念念要當大官的趙大人在罷職五天後，就氣得一命嗚呼。趙家在京城待不下去了，李清照便隨丈夫回到原籍青州。

對李清照夫妻這樣的「葛天氏之民」來說，閒居也許正是適合他們的生活。當時同樣罷官歸隱的晁補之在家鄉修了「歸去來園」，向隱士們的大眾偶像陶淵明先生名作《歸去來兮辭》致敬。

大觀二年，二十四歲的李清照為了表達對現狀的滿意，也是為了表達對晁補之的敬意，將自家剛剛修繕完成的藏書樓命名為「歸來堂」。《歸去來兮辭》中有一句「倚南窗以寄傲，審容膝之易安」，意思是住在只能容得下雙膝的簡陋小屋裡，也能隨遇而安，從此李清照自號「易安居士」，世稱「李易安」。

夫妻倆勤儉持家，還算是衣食無憂，度過了一段難得的平靜歲月。這年秋天，新鮮出爐的易安居士在歸來堂內，聞著濃郁的桂子飄香，作了一闋《鷓鴣天・桂花》：

暗淡輕黃體性柔，情疏跡遠只香留。
何須淺碧深紅色？自是花中第一流。
梅定妒，菊應羞，畫闌開處冠中秋。
騷人可煞無情思，何事當年不見收？

屈原的《離騷》中列舉了一大堆花花草草，用蘭花、菊花、荷花、芙蓉、扶桑等，來比喻君子的美德，桂花卻不在其中，李清照因此嘲笑他沒有情思。「何須淺碧深紅色？自是花中第一流」，正像是易安自己的詞品，更像她的人品。

第二十一章

書房有趣、國家有難，第一才女嫁了落跑官

宣和年間，閒居了十三年的趙明誠復官，擔任萊州知州。他接到任命後只能先一個人按期走馬上任，李清照則不得不留在青州收拾打包家中的藏品，準備挑出最心愛的一部分帶去萊州。

才下眉頭卻上心頭

已經習慣了十幾年的朝夕相處，突然的分離讓李清照很不適應，她的千古名篇《一剪梅》就是此時所寫：

紅藕香殘玉簟秋。輕解羅裳，獨上蘭舟。
雲中誰寄錦書來？雁字回時，月滿西樓。
花自飄零水自流。一種相思，兩處閒愁。
此情無計可消除，才下眉頭，卻上心頭。

同是抒發相思之情的詞，當年的《醉花陰》中只有三句絕佳，如今《一剪梅》中則句句絕佳，由此可見易安在藝術上的成熟。「此情無計可消除，才下眉頭，卻上心頭」，激起了多少相思之人的共鳴。

瓊瑤阿姨很喜歡這首詞，將自己的一部小說起名為《月滿西樓》。著名音樂人蘇越為這首詞譜了曲，由歌手童麗演唱，歌名就叫《月滿西樓》，婉轉低回韻味悠悠，具備了該詞本身應有之味。

李清照在青州收拾藏品花了將近半年時間，才帶著它們趕到萊州與丈夫會合。此後趙明誠的全部俸祿，幾乎都被夫妻倆花在了收藏上。兩人每收集到一部古書，就一起校勘、整理分類、簽題標記。如果得到名畫和古玩，則摩挲把玩尋找瑕疵，每次都要搞到蠟燭燒完才去睡覺。因此他們的藏品在完整和精緻度上，均冠於其他收藏家。

兩人經常飯後對坐烹茶，玩味所藏心愛之物。李清照博聞強記，能夠指著堆積如山的藏書，憑記憶說出某個典故的出處在哪本書、哪一卷、第幾頁、第幾行。兩人便以她說的正確與否來定勝負，勝者可以先喝茶。結果多數時候都是李清照記得正確，作為贏家先端起茶杯，又忍不住得意的咯咯而笑，往往不小心把茶水灑在胸前衣服上，反而得趕快起身打理，搞得贏了還喝不到茶。書房之樂似乎更勝閨房之樂，兩人真願意就這樣過一輩子。

這種文化夫妻之間的遊戲，在後世被另一對配偶效仿，便是清代著名詞人納蘭性德。他在悼念亡妻的一闋《浣溪沙》中寫道：

誰念西風獨自涼？蕭蕭黃葉閉疏窗。
沉思往事立殘陽。
被酒莫驚春睡重，賭書消得潑茶香。
當時只道是尋常。

納蘭性德，字容若。他父親納蘭明珠是兵部尚書，也是康熙年間著名權臣鹿鼎公韋小寶的政治盟友。容若家世如此顯赫，自己又是文武雙全，論文可稱清代第一詞人，論武則是康熙皇帝身邊的一等侍衛。功名富貴如探囊取物般輕易，所以並不以為意。從這首悼亡詞可以看出他是情深意重之人。然而強極則辱，情深不壽，納蘭容若三十歲即病故。

亂世中，隻身押運稀世珍寶

李清照能夠成為中國古代第一才女的原因，其才華橫溢、敏感細膩自不待言，最特別的因素在於她的人格之獨立，而這一點趙明誠顯然未能跟得上她的腳步。作為傳統的男性，趙明誠可能覺得妻子應該依附於他。他在歸來堂中建起書庫，將書籍編上甲乙丙丁的序號造冊鎖存。李清照需要閱讀書籍時，還得向他討來鑰匙、做好登記才能借出。如果稍有汙損，趙明誠必嚴責她，然後小心修復。

李清照收藏書籍本來是為了可以隨時覽讀，沒想到反而導致這麼多麻煩，性格獨立的她感到很不耐煩，乾脆自己在食物、衣飾、家用上處處節約，省出錢來另行購買書籍副本，以隨意使用。這是夫妻之間第一次出現不和諧的音符。

宣和七年，趙明誠改任淄州知州，但生活的大轉折就此來到。因為在這一年，對中原花花世界覬覦已久的金國大舉興兵南下攻宋，一路摧城拔寨。戰爭打破了宋徽宗荒淫糜爛的生活，他眼見亡國在即，驚慌失措的將皇位傳給兒子以推卸責任。趙桓即位（廟號「欽宗」），次年改元「靖康」。但女真人可不會因為宋朝換皇帝，就停下進攻的腳步。

靖康二年三月，趙明誠因母親病逝於江寧府，隻身南下奔喪。四月，金兵攻破京師開封，已經不是皇帝的宋徽宗照樣和兒子一起被擄，像鴕鳥把頭埋在沙子裡又能有什麼用呢？有時候真是不能理解趙佶的思路，至此他算是徹底玩死了北宋。

五月，趙佶的第九子康王趙構在南京應天府即位，當年改元「建炎」，成為南宋第一位皇帝，廟號高宗。他登基的地方不是今天的南京，雖然南京也有一個古名「應天府」，但那是明朝時候的事情了。北宋有「四京」，即東京開封府（今河南開封）、西京河南府（今河南洛陽）、北京大名府（今北京）、南京應天府（今河南商丘）。

金兵本來攻破開封將趙宋皇室一鍋端掉，以為可以一舉滅宋畢其功於一役，沒想到趙構這條漏網之魚，居然能重續國祚收拾人心。為山九仞不能功虧一簣，於是金國派出精銳騎兵部隊跟蹤追殺，必欲除之而後快。高宗即位不久，就從應天府向揚州、江寧府一路南逃以躲避金國兵鋒。

與此同時，李清照回到青州整理遴選龐大的收藏，攜帶它們南下躲避戰火。「既長物不能盡載，乃先去書之重大印本者，又去畫之多幅者，又去古器之無款識者。後又去書之監本者、畫之平常者、器之重大者。凡屢減去，尚載書十五車，至東海，連艫渡淮，又渡江，至建康（江寧府後來的名字）」。

當李清照帶著這十五車書籍器物行至鎮江時，正遇城池失陷，她一介弱女子卻能在兵荒馬亂中，獨力將這批稀世之寶安全押運至江寧府，其智、其勇、其能不愧鬚眉。十二月，不得不留在青州歸來堂的十幾屋珍貴書籍古董，在戰火中被付之一炬，趙明誠、李清照聞訊後欲哭無淚。

不顧妻子孤身逃，老婆寫詩像吐槽

建炎二年，還在為母親守喪期間的趙明誠被「奪情（按：即奪情起復，簡稱奪情，是中國古代丁憂制度的延伸，意思是為國家奪去了孝親之情，可不必去職，以素服辦公，不參加吉禮）」起用為江寧知府，可見宋高宗還滿器重他。

李清照隨夫到江寧後的這個冬天，每到大雪之日，必戴上斗笠披上蓑衣，一個人沿著城牆漫步，一面欣賞壯觀的雪景，一面醞釀詩句。有一天她興沖沖跑回家對趙明誠說：「我想到一聯：南來尚怯吳江冷，北狩應悲易水寒。你來接兩句或者和兩句？」

「北狩」是徽欽二帝的專用遮羞詞，其實他倆是當了俘虜被押送去北方，但字面看起來卻好像是威風凜凜的主動跑去北方狩獵，咱們自古在「為尊者諱」方面一貫很有一套。這兩句的意思是，你我在江南尚且如此寒冷，二聖蒙塵「北狩」該怎麼活？趙明誠心想，妳這是在諷刺當今聖上一意偏安江南，無心光復中原迎還二聖嗎？政治上太不正確了。搖頭道：「我接不出來。」

過了幾日，李清照又跑來問：「『南渡衣冠少王導，北來消息欠劉琨』，這兩句如何？」這是拿東晉來對比，譏刺宋廷在江南沒有像王導那樣能安撫人心的賢臣，在中原沒有像劉琨那樣能堅守堡壘的名將。趙明誠心想，妳前幾天剛譏刺了聖上，現在又來譏刺將相，到底還想不想讓我在朝廷裡混了，皺皺眉頭：「還是接不出來。」李清照見丈夫無意於此，只得失望而去。

建炎三年春的一天，一位下屬匆匆來匯報，說發現御營統治官（南京守備司令）王亦有叛亂的跡象，但趙明誠不以為意。到了半夜，睡夢中的趙知府突然被外面一片喊殺聲驚醒，才知道王亦果然造反了。他立刻披上衣服跑到城邊，用一根繩子從城牆垂下，腳底抹油逃之夭夭，一心要留下自己的有為之身，既沒顧得上為國守城的職責，也沒顧得上結髮二十七年的妻子。

趙知府雖然不靠譜，還好那位來匯報過異常的下屬很可靠，早有防備的自行率軍結陣固守，成功平叛，被丈夫丟棄在城中的李清照才沒有成為亂兵的俘虜。

事定之後，趙知府毫無懸念的被朝廷撤職。夫妻倆無所事事，打算去贛（按：音同幹）江邊上找個地方養老算了。初夏時節，兩人雇了幾艘大船，帶著所有的家當從江寧沿著長江逆流而上往江西而去。經過烏江鎮（今安徽和縣）時，李清照得知這就是當年西楚霸王項羽兵敗自刎之處，便上岸尋訪古跡，在烏江亭邊看見唐代杜牧留下的一首《題烏江亭》：

勝敗兵家事不期，包羞忍恥是男兒。
江東子弟多才俊，捲土重來未可知。

一般人都認為，項羽垓下兵敗之後無顏回去見江東父老，而在烏江邊自刎是義烈的行為。但杜牧借題發揮，說勝敗乃是兵家常事，能夠忍辱負重再圖翻盤才是真正的男子漢，江東子弟人才濟濟，說不定能重整旗鼓殺回來。「捲土重來」的成語出處就在這裡。

李清照面對著浩蕩奔流的江水，思索著項羽究竟應不應該逃過江東這個類似於「生存還是毀滅（按：原文為 to be, or not to be。出自莎士比亞的作品《哈姆雷特》，為哈姆雷特王子一段句白的第一句）」的問題。百感交集之下，朗聲吟出了千古絕唱《夏日絕句》：

生當作人傑，死亦為鬼雄。
至今思項羽，不肯過江東！

易安借項羽的酒杯，澆了自己心中的壘塊。被金兵的追擊嚇得風聲鶴唳而一路南逃的宋高宗，聽到此詩時絕不會高興。在幾十天前才棄城而逃的趙明誠，在身後聽了這穿金裂石的高亢之音，估計也會羞愧得面色鐵青。想到妻子這位古今第一才女，留下的詩篇以及這詩篇背後的故事必將流傳千載，此刻他的心中是什麼滋味不問可知。

趙跑跑捨命上任新官，又負清照

趙氏夫妻的船隊繼續一路上行，經過了姑孰、蕪湖，五月到達池陽（今安徽池州）時，突然接到聖旨，趙明誠被重新起用為湖州知府。這倒沒什麼好奇怪的，被問責下臺的官員換個崗位上任，是中國的悠久傳統，今天依然如此。就像二〇〇九年中國奶製品汙染「三鹿事件」的相關責任人受了處分之後，二〇一二年照樣升官，老百姓還能期待有什麼好結果？再次出現食品、藥品的安全問題是毫無意外的，如今網路上再大的事物或問題，一般也就維持一週的熱度，相關責任人才能屢次過關。

趙明誠只等了幾個月就能再度上崗，心情很是不錯，便讓李清照先在池陽安頓，自己去面聖朝拜謝恩。六月中旬，趙知府帶著隨身行李下船，在岸上意氣風發的與妻子告別。李清照見丈夫又要在兵荒馬亂中，丟下自己一個人處理這麼多家當，心想你怎麼老是把我當女漢子用啊，心中有氣的大聲問道：「如果池陽城中遭遇亂局，你讓我怎麼辦？」

趙明誠用手遙指答道：「妳就跟著眾人混吧。實在萬不得已的時候，先丟掉大的箱櫃包裹，再不行就丟掉衣服、被褥，再不行就丟掉書冊卷軸，再不行就丟掉古董。只是那些宗廟祭器，妳必須自己揹著抱著，人在器在，器亡人亡，千萬別忘了！」交代完畢，騎馬絕塵而去，留下李清照一個人在船上思考什麼叫「與宗器共存亡」。

七月末時，留在池陽的李清照接到趙明誠的來信，說自己因為急著要趕到建康面見皇帝，一路冒著酷暑奔馳，結果感染了瘧疾。李清照覽信後憂心如焚，她知道人得瘧疾之後容易發燒，而丈夫一向性急，發熱則必服性寒之藥意圖降溫，那病情反而會急劇加重。

易安立刻帶領船隊起錨南下，星夜兼程順江而下，一日一夜疾行三百里。到了一看果然不出所料，趙明誠服用了很多柴胡、黃芩來退熱，搞得重症瘧疾加痢疾，已經病入膏肓。見此情形，李清照只能含悲痛哭，也不忍問丈夫對身後之事有如何安排。

八月中旬，迴光返照的趙明誠作了絕筆詩後逝世。將亡夫安葬已畢，李清照大病一場。建炎三年的這半年來，四十五歲的她經歷了人生的驚濤駭浪，身心俱疲。

易安：最喜歡看男人拿我沒轍

從此李清照孤身一人顛沛流離，四處逃亡以躲避戰火。一個弱質女子在如此亂世中怎麼可能長期保護好大批的書籍古董？自然是在路途中不斷散失、被竊，從最初的心痛不已到最後無可奈何的慢慢習慣了。孤獨無依的易安在這樣的景況中寫下了《聲聲慢・秋詞》：

尋尋覓覓，冷冷清清，淒淒慘慘戚戚。
乍暖還寒時候，最難將息。
三杯兩盞淡酒，怎敵他晚來風急？
雁過也，正傷心，卻是舊時相識。

滿地黃花堆積。憔悴損，如今有誰堪摘？
守著窗兒，獨自怎生得黑？
梧桐更兼細雨，到黃昏、點點滴滴。
這次第，怎一個愁字了得！

這首詞是天涯淪落人的名篇，其中有頗多佳句。尤其起首一連用了七組疊詞，是所有詩詞曲賦中絕無僅有的孤例。按照常理，這樣的疊詞連用必然顯得累贅，所以之前根本沒人敢如此嘗試。但李清照將它們這樣一連，我們誦讀起來會發現極具節奏感，完全可以想像當年唱出來時那種音韻美。易安居士對音律的造詣之高，由此可見一斑。

即使她做出了這樣的榜樣，其後也再沒人敢於效仿，這便叫做「前無古人，後無來者」。怪不得易安在她的《詞論》裡，以居高臨下的態度。對大家都很崇敬的前輩詞人一通指指點點：

南唐李璟、馮延巳君臣，「尚文雅，故有『小樓吹徹玉笙寒』、『吹皺一池春水』之詞，語雖甚奇，所謂『亡國之音哀以思』也」；柳永柳屯田，「變舊聲作新聲，出《樂章集》，大得聲稱於世；雖協音律，而詞語塵下」；張先、宋祁，「雖時時有妙語，而破碎何足名家」。

她對晏殊、歐陽修、蘇軾這幾位比較客氣，說他們「學際天人」，寫個小詞本該就像去大海裡面舀一勺水那般容易，結果他們所作的詞不過就是把詩寫成長短句而已，「又往往不協音律」。為什麼呢？因為詩講的是平仄，但詞講的卻是音律，他們都不懂。至於王安石、曾鞏，寫文章很有西漢的風骨，但如果作詞就會讓人笑倒，完全沒法讀。

「乃知詞別是一家，知之者少」，要等到晏幾道、賀鑄、秦觀、黃庭堅這幾位上場，才總算知道詞是怎麼一回事。但晏幾道不會鋪陳敘述；賀鑄不會典雅莊重；秦觀的詞婉約情深，卻缺少實際內容，就像窮人家生養的美女，雖然長得漂亮，但骨子裡沒有大家閨秀那種富貴自信；黃庭堅的詞內容倒是充實了，可惜到處都是小毛病，就像美玉有瑕，價格只能打個對折。總之沒有一位前輩詞人是她能看得上眼的。

在中國傳統父權社會裡，眼高於頂的傲慢男性並不鮮見，但女性一般低調含蓄，李清照這種張揚的性格絕對是個異類。筆者猜她寫《詞論》時心裡可能在想：好喜歡你們這幫男人看我不爽卻又無可奈何的樣子。

當斷則斷，休了老公

孀居的易安膝下沒有子女，一人在亂世中苦苦支撐，其孤苦無依不難想像。為了能夠找到一個可以依靠的伴侶，在趙明誠去世三年之後，四十八歲的李清照於紹興二年再嫁給張汝舟。

沒想到這次遇人不淑，對方完全是一頭中山狼（按：語出《紅樓夢》，意指小人），他和李清照結婚只是覬覦她的收藏品。當婚後發現其數量遠遠少於預期，並且李清照對它們愛逾珍寶不容自己染指時，張汝舟大失所望而本相畢露，不斷辱罵李清照甚至對她拳腳相加。

但他沒想到李清照性情剛烈，可不是對家庭暴力逆來順受、委屈至死的二木頭賈迎春那種女性。**易安發現張汝舟有通過舞弊騙取官職的行為，毅然告發並要求離婚**，不顧宋代法律規定妻子告發丈夫就要坐兩年牢的後果，也要拚個魚死網破。

案件查實之後，張汝舟被朝廷革職，李清照也依律入獄但獲准離婚。靠著親朋好友們的大力營救，她只被關了九天即獲釋放，在這場官司中算是贏得全勝。無論是不恤人言的再婚，還是當斷則斷的閃離，李清照剛強果斷、敢作敢當的性格都展現無遺。

江山留與後人愁

紹興四年，李清照遷到金華居住，因為當時在此地擔任太守的李擢是趙明誠妹婿，可以有些照拂。第二年，易安已經從離婚事件的打擊中慢慢解脫出來，她登上婺（按：音同物）江邊南朝文學家沈約（就是《不讀宋詞，日子怎過得淋漓盡致（北宋篇）》中提到，以「沈腰」著稱的瘦身代言人）主持修造的八詠樓，留下懷古名篇《題八詠樓》：

千古風流八詠樓，江山留與後人愁。
水通南國三千里，氣壓江城十四州。

「氣壓江城十四州」，貌似脫胎於唐朝才女薛濤的「壯壓西川四十州」和詩僧貫休的「一劍霜寒十四州」，算不得獨出機杼。但一句「江山留與後人愁」，讓不論何時何地登臨懷古之人，都常常心有戚戚焉，千年之下依舊讓人嘆為難以超越的絕唱。

就在同一年，易安寫出了她人生中最後一篇膾炙人口的詞章《武陵春》：

風住塵香花已盡，日晚倦梳頭。
物是人非事事休，欲語淚先流。
聞說雙溪春尚好，也擬泛輕舟。
只恐雙溪舴艋舟，載不動，許多愁。

春色令人欲泛舟，卻恐輕舟載不動厚重的愁，這個比喻之奇、之美、之新，充分展示了千古第一才女的想像力。可能也正是中年喪偶、國破家亡的淒涼境遇，才將她的才華激發到如此地步。

紹興八年，宋高宗將「行在（按：舊時帝王巡幸所居之地）」定於杭州，改名臨安，表示暫借江南一隅臨時偏安一下。又過了大約二十年，孑然一身的李清照懷著故土難歸的失望，在異鄉悄然辭世，享年逾七十。這樣的亂世、這樣的際遇，還活到了古稀之年，易安的生命力可算頑強。

第二十二章

岳飛常年馬蹄催，收拾舊山河卻被漢奸毀

李清照號稱「婉約詞宗」，流傳下來的幾十首作品基本全是柔美含蓄一路的，除了一篇在她的詞作中風格比較另類的《漁家傲・記夢》：

天接雲濤連曉霧，星河欲轉千帆舞。
彷彿夢魂歸帝所。聞天語，殷勤問我歸何處。
我報路長嗟日暮，學詩謾有驚人句。
九萬里風鵬正舉。風休住，蓬舟吹取三山去！

風「鵬」正「舉」，史上第一英雄登場

易安夢中和天帝對話，「星河欲轉千帆舞」，氣勢何等磅礴，一看就是明顯的豪放派風格，彷彿瀟灑飄逸的東邪黃藥師，突然打出了陽剛威猛的降龍十八掌，畫風突變讓人一下子不太適應。

梁啟超先生評論：「此絕似蘇辛派，不類《漱玉詞》中語。」筆端所流出的總是作者的心境，是什麼原因讓李清照的心情有這種難得的歡快呢？此詞作於建炎四年，是趙明誠逝世一年以後，易安在逃往紹興的顛沛路途之中，她身邊按道理沒什麼令人愉快的事情。

但我們可以注意到，正是在這一年的初夏，首次獨當一面作戰的岳飛在牛頭山擊敗金兵，收復建康。此戰歷時半月，岳飛軍僅斬女真兵就超過三千，取得首次輝煌的勝利，「岳家軍」開始登上歷史舞臺，成為閃耀的主角。

這也讓已經被金兵乘舟浮海追了三百多里、一路逃到越州的宋高宗，終於能喘息稍定，可以折騰一下了，頒詔次年改元為「紹興」。「紹奕世之宏休，興百年之丕緒」，意即要繼承列祖列宗累世的宏大事業，振興已經傳承百年的皇統以繼往開來，同時將越州升格半級為紹興府，這就是紹興城市名稱的由來。

我們有理由相信，全國的軍民都從這場勝利中，看到不做亡國奴、甚至光復河山的希望，從而產生「九萬里風鵬正舉」的歡欣鼓舞。岳飛的字，正是「鵬舉」，他比李清照小十九歲，這一年方才二十七歲。岳鵬舉是中國歷史上最著名的民族英雄，不需要「之一」。

岳飛、關羽，武聖之爭

在我們的傳統文化中，「文聖」名號無可置疑的歸於孔老夫子，但「武聖」名號則有關羽和岳飛兩位競爭者。造成這種熱鬧局面的主要推手是演義故事。關雲長的事蹟請看小說《三國演義》，裝備是刀中之王青龍偃月刀；岳鵬舉的事蹟請聽評書《說岳全傳》，裝備是槍中之王瀝泉神槍。兩人貌似不相上下。考慮到槍本身是百兵之王，岳飛就占了這麼一點點優勢。但如果把《三國演義》和《說岳全傳》丟到一邊只看歷史事實的話，我們會發現關羽和岳飛除了單挑的武力值都很高外，其他方面不在一個水準線上。

第一，是意義無法相提並論：關羽參加的是國家內部的軍閥混戰，說不上正義與否；岳飛則是抵抗異族入侵、為國家救亡圖存，其意義不言自明。

第二，是作為將領帶兵的戰績無法相提並論：關羽對戰的不過是割據政權，一敗於曹操，當了俘虜並投降，因為戰略眼光不足；二敗於東吳，最後走麥城兵敗身死。岳飛對戰的則是剛剛滅遼滅宋的軍事強國，卻**屢屢能以步兵勝鐵騎，以少勝多**。

第三，是被同時代人承認的程度無法相提並論：關羽生前的爵位是東漢封的「漢壽亭侯」，死後被蜀漢諡為「壯繆侯」，這個諡號很一般，「武而不遂曰壯」、「名與實爽曰繆」，意思是有武力沒成績、盛名之下其實難符。岳飛則生前就封少保（從一品），死後在宋朝的爵位已經到了「鄂王」，諡號「武穆」，「茲按諡法，**折衝禦侮曰武，布德執義曰穆**」，後來更升級為「忠武」，這是百分之百的美諡，武將最高一級的諡號。

第四，也是本書的側重點，是文化水準無法相提並論：關羽最有文化的段子不過是挑燈夜讀《春秋》，沒見他寫過一個字；岳飛則有書法作品流傳至今，章法嚴謹、龍騰虎躍，絕對的儒將風範。

另外岳飛還留下《武穆遺書》一部，傻小子郭靖學了它，居然能夠帶領襄陽兵民，在橫掃世界的蒙古鐵騎的衝擊下，堅守孤城三十年，昇華為「為國為民，俠之大者」。後來郭大俠將兵書藏於屠龍刀之中，所以江湖上傳言此刀「武林至尊，寶刀屠龍，號令天下，莫敢不從」。周芷若以倚天劍、屠龍刀互斫取出兵書，張無忌教主又將其贈予徐達。徐達學後終成一代名將，率軍驅除韃虜，將占據中原近百年的蒙古人趕回漠北，光復大好河山。咦，對不起，怎麼扯遠到小說上去了？

總之，特別崇拜關二爺的，以香港黑社會古惑仔為代表，有一定歷史知識的人進了關帝廟看見滿地的紙錢香灰，就只能苦笑；但你若走進西湖畔古柏森森的岳廟，則很難不肅然起敬。

三十功名，一身膽氣兼文藝

讓我們回到真實的歷史。說岳飛是「儒將」，貌似褒獎，其實這個詞完全不足以形容他的強悍。中國歷史中其他著名儒將比如孫武、韓信、周瑜、陸遜、袁崇煥等人，從沒有看到過關於他們格鬥能力的記載。

那岳飛的武功如何呢？我們不看小說評書，也不看他孫子岳珂寫的《金陀粹編》這種恐怕有溢美之詞的傳記。單從與女真人同為北方遊牧民族侵略者的蒙古人所編的正史《宋史》裡，摘錄幾段：

「生有神力，未冠，挽弓三百斤，弩八石，學射於周同，盡其術，能左右射。」

「敵猝至，飛麾其徒曰：『敵雖眾，未知吾虛實，當及其未定擊之。』乃獨馳迎敵。有梟將舞刀而前，飛斬之，敵大敗。」

「命從王彥渡河，至新鄉，金兵盛，彥不敢進。飛獨引所部鏖（按：音同熬）戰，奪其纛（按：音同道，軍中大旗）而舞，諸軍爭奮，遂拔新鄉。翌日，戰侯兆川，身被十餘創，士皆死戰，又敗之。」

「飛單騎持丈八鐵槍，刺殺黑風大王，敵眾敗走。」

「賊合眾五十萬，薄南薰門。飛所部僅八百，眾懼不敵，飛曰：『吾為諸君破之。』左挾弓，右運矛，橫衝其陣，賊亂，大敗之。」

這種在敵眾我寡的劣勢下，一身膽氣敢於身先士卒單騎衝陣，還能在百萬軍中取上將首級的戰功，任何僅具備匹夫之勇的猛士能在正史內有一、兩次記載，都可以稱為名將了，在岳飛處卻似是家常便飯。在勇武這方面，岳飛完勝其他著名儒將。

而在儒雅那一面，之前筆者列舉的著名儒將，無一人有精華文墨流芳百世。但岳飛《滿江紅》則可能是很多人最早會背的一首詞：

怒髮衝冠，憑欄處、瀟瀟雨歇。
抬望眼，仰天長嘯，壯懷激烈。
三十功名塵與土，八千里路雲和月。

莫等閒、白了少年頭，空悲切。
靖康恥，猶未雪。臣子恨，何時滅？
駕長車，踏破賀蘭山闕。
壯志飢餐胡虜肉，笑談渴飲匈奴血。
待從頭，收拾舊山河，朝天闕！

這首詞很可能是岳飛在紹興四年、第一次北伐時，取得收復襄陽六郡的勝利之後作的。那是南宋政權建立以來第一次光復大片失地，朝廷上下一片歡騰。宋高宗接到捷報，興奮的對一旁的吏部尚書胡松年說：「朕雖素聞岳飛行軍極有紀律，未知能破敵如此！」胡松年答道：「惟其有紀律，所以能破賊。」日本人很重視軍隊紀律，喜歡將優秀的軍隊形容為「風林火山」，這個詞總結自《孫子兵法》中「其疾如風，其徐如林，侵掠如火，不動如山」一句。女真人則哀嘆：「撼山易，撼岳家軍難！」

岳飛因此役之勝而升任清遠軍節度使，湖北路荊、襄、潭州制置使，成為有宋一代最年輕的建節（按：執持符節。古代使臣受命，以建節為憑信）者，剛過而立之年，所以詞中說「三十功名塵與土」。自那以後，中原政權屢遭蒙古、後金、倭寇等異族流寇的侵占與攪擾，每當在亡國滅種的關頭，「壯志飢餐胡虜肉，笑談渴飲匈奴血。待從頭，收拾舊山河」

的詞句，都是激勵人心奮起反抗的最強音。雖然曾經有些人質疑此詞可能不是岳飛的作品，但理由並不充分，此詞所體現出來的精神與岳武穆的人生觀完全契合。

岳飛隨後屯軍鄂州（今湖北武漢），在千古名樓黃鶴樓上寫下了另一闋《滿江紅》：

遙望中原，荒煙外、許多城郭。
想當年，花遮柳護，鳳樓龍閣。
萬歲山前珠翠繞，蓬壺殿裡笙歌作。
到而今，鐵騎滿郊畿，風塵惡。

兵安在？膏鋒鍔。民安在？填溝壑。
嘆江山如故，千村寥落。
何日請纓提銳旅，一鞭直渡清河洛？
卻歸來、再續漢陽遊，騎黃鶴。

紹興五年，岳飛奉命率兵前往洞庭湖剿平楊么。部隊經過池州駐紮時，他特意抽空到城郊齊山上的翠微亭登臨覽勝，並作了《池州翠微亭》一詩：

經年塵土滿征衣，特特尋芳上翠微。
好水好山看不足，馬蹄催趁月明歸。

從「經年塵土」、「馬蹄催」，都可見岳飛常年為國征戰的辛勞。翠微亭是唐代大詩人杜牧擔任池州刺史時所修建，岳飛在戎馬倥傯之際，還「特特（按：特意）」去瞻仰前輩古蹟，則能看出他完全不同於普通武將的文藝情懷。

多讀史，預知岳飛怎麼死

紹興八年，宋高宗重用主和派的秦檜，達成與金國的第一次和議，答應取消「宋」之國號，作為金國的藩屬並每年納貢送錢。主戰派宰相趙鼎被罷免，岳飛、韓世忠等將領被壓制，滿朝大臣慢慢換成秦檜的嘍囉。在這樣的政治環境下，**內心苦悶的岳飛寫出了他最好的詞作《小重山》**：

昨夜寒蛩不住鳴。驚回千里夢，已三更。
起來獨自繞階行。人悄悄，簾外月朧明。

白首為功名。舊山松竹老，阻歸程。
欲將心事付瑤琴。知音少，弦斷有誰聽？

岳飛對朝廷這種放棄國土、屈辱求和的政策明顯很不贊成，在覲見宋高宗時說「夷狄不可信，和好不可恃」，高宗充耳不聞。最高領袖本人的既定方針就是投降，岳飛也無可奈何，只能在詞中用獨奏瑤琴卻無知音能賞的比喻，來抒發這種孤寂的心態。許多文學評論家都認為：《滿江紅・怒髮衝冠》固然慷慨激昂，然而整個情緒已經和盤托出，再無可以回味之處；而這首《小重山》才是有比興、有寄託，耐人尋味。

紹興十年，金國主戰派完顏宗弼（按：《說岳全傳》中的那位金太祖完顏阿骨打的四皇子金兀朮）殺死本國的主和大臣，撕毀金宋和約，再度發兵大舉南侵。此時距離和約簽好還不到兩年，岳飛「夷狄不可信」的預言就得到了應驗。

在接到高宗的救援詔令後，岳飛立即揮軍北上迎擊，一路痛擊金兵，連戰皆捷（按：接連數次都獲勝），收復了蔡州、鄭州、西京洛陽等軍事重地。而且岳飛十年來所預先實施的「連結河朔」策略（按：為一種內外夾攻之策，岳飛聯合黃河流域的抗金義軍共同抗擊金入侵，因為當時金朝剛進入黃河流域，統治未穩定，民間亦有大量的反金武裝）大見成效，各地抗金民兵紛紛在後方起義，摧城拔寨，配合岳家軍對金兀朮盤踞的東京開封府，形成四面戰略合圍。

在郾城、潁昌等著名戰役中，岳家軍奮勇向前，「無一人肯回顧」，殺得「人為血人，馬為血馬」，以步兵勝騎兵，大破金兀朮的王牌精銳部隊「鐵浮屠」、「拐子馬」。金兵一敗再敗，心膽俱裂。金兀朮以十萬大軍駐紮於開封西南四十五里的朱仙鎮，企圖做最後的負隅頑抗。

岳飛的長子、時年二十一歲的岳雲率領前哨五百鐵騎抵達，立即發動衝殺，金人被打得全軍奔潰。岳飛原本喜歡豪飲，高宗擔心他醉酒誤事，特意囑咐他說：「等愛卿收復了河朔（黃河以北），再好好喝酒吧。」岳飛自那以後還真滴酒未沾，接到捷報後興奮的說：「今次殺金人，直到黃龍府（金國軍事重鎮，今吉林農安），當與諸君痛飲！」

就在金兀朮一籌莫展，準備放棄開封府北渡黃河狼狽逃遁之時，有個北宋時的太學生攔在他的馬頭前勸阻，搖頭晃腦的言道：「您不必棄城，岳少保很快就要退兵了。」兀朮表示難以置信：「岳少保以五百騎破吾精兵十萬，這開封府內外的百姓也日夜盼望其來，怎麼可能守得住？」太學生微微一笑：「自古以來，還從沒有權臣在內而大將能立功於外的。依在下愚見，岳少保禍且不免，哪可能成功呢？」金兀朮猛然醒悟，重賞此人，決定暫不棄城過河。咱們這個民族但凡在歷史上遭遇外敵之時，好像從沒缺少過漢奸的戲分。

隨後就是眾所周知的朝廷十二道金牌嚴命班師，岳飛仰天長嘆中原恢復功敗垂成。第二年秦檜即以「莫須有」的罪名將岳飛下獄。主審官御史中丞何鑄在拷打時，看見岳飛背上母親所刺的「盡忠報國」四字為之動容，調查清楚之後如實稟告秦檜此為冤案。秦檜一看何鑄如此拎不清，皺眉道：「這是皇上的意思！」遂把主審官撤換為自己的黨羽，將岳飛定為死罪。

打贏沒好處，輸了賠老本，趙構媾和

關於宋高宗為什麼必欲殺岳飛而後快這一點，歷來眾說紛紜。最早的常見說法是岳飛想收復中原、迎還二聖，這一點戳中了趙構的痛處。明朝「吳中四才子」之一的文徵明有次讀到一塊剛出土、宋高宗賜詔給岳飛的刻石殘碑，感慨萬千，作了一闋岳武穆最擅長的《滿江紅》，是這個說法的代表：

拂拭殘碑，敕飛字，依稀堪讀。
慨當初，倚飛何重，後來何酷。
豈是功成身合死，可憐事去言難贖。
最無辜，堪恨更堪悲，風波獄。

豈不念，疆圻蹙？豈不念，徽欽辱？
念徽欽既返，此身何屬？

千載休談南渡錯，當時自怕中原復。
笑區區一檜亦何能？逢其欲！

文徵明這種說法其實是一個誤解，分析起來需要稍微花些筆墨。第一，「恢復中原、迎還二聖」是趙宋在亡國之際振奮人心的口號，政治上絕對正確，帶頭攘臂高呼的正是趙構本人，岳飛和其他人一起跟著喊喊壯壯聲勢而已，在趙構眼中還不至於將跟風喊這個口號的人定為異類。而且隨著形勢的變化，大家很快也就都知趣不喊了。

第二，如果徽宗能返回宋朝，作為亡國之君是不用想復位的，但即使他只當個太上皇，對趙構而言也定如芒刺在背。幸好趙佶早在紹興五年就鬱鬱駕崩於五國城，「二聖」這個口號更不必提了。

第三，宋欽宗比較能忍辱，一直熬到紹興二十六年才駕崩，但顯然趙構沒有將哥哥接回來給自己找麻煩的意思，而岳飛也同樣保持了政治正確，在紹興七年的奏章中，說自己的志向是「迎還太上皇帝、寧德皇后（欽宗生母）梓宮，奉邀天眷歸國，使宗廟再安」，根本沒提趙桓的常用稱號「淵聖」，而是用了「天眷」一詞，更像是指高宗的生母韋太后，最多是可有可無的捎上趙桓，措辭可謂細心謹慎，有足夠的政治智慧。

也就是說，在這方面岳飛並不像有些人以為的那樣，是政治頭腦簡單的一介莽夫。人家文武雙全，不知道比我們聰明多少倍。

還有人說岳飛身為統兵武將，卻提議宋高宗立儲，犯了忌諱。這個說法比「迎還二聖」稍微像真的些，不過依然缺乏說服力。

首先，筆者在《不讀宋詞，日子怎過得淋漓盡致（北宋篇）》曾經提到趙構的兒子早早夭折，他本人又在金兵的追擊中，受到驚嚇而喪失了生育能力，繼嗣無人。萬一高宗有什麼意外，沒有儲君可以即位，而**北方金人手上有宋欽宗那個現成的傀儡，南宋根本沒有人可以在合法性上與之競爭**，立刻就可能導致政權的崩潰，這是一個非常可怕的定時炸彈，甚至已經影響到了當下的人心穩定。

為了解決這個問題，早就有官員建議高宗尋找宋太祖的後裔作為養子，以保證有合法繼承人。趙構很清楚這個預案對南宋政權、對他自己都好，當即賞賜了建議者，並從民間挑了兩個太祖後裔的孩子收養在宮中，作為儲君的備選先觀察培養起來。只是當時他對自己將來還能生出孩子抱有僥倖，所以一直拖著沒有正式選立皇子。

金國人看有機可乘，打算把欽宗當年所立的皇太子趙諶放回來攪混水。在高宗沒有繼承人的情況下，趙諶一旦回來就是無可競爭的皇儲，那將來高宗死後是否還能保得住祭祀牌位，也就不好說了。甚至高宗自己這個皇位的正統性，都會受到趙諶的質疑，肯定是鬧得一地雞毛。

岳飛得到諜報後，立即覲見高宗匯報，並請求立已經收養在宮中幾年、對高宗感情深厚的趙瑗（多年以後的事實也證明如此）為皇太子，讓金國人的陰謀無疾而終。就算作為武將討論立儲之事沒有充分避嫌，可能導致高宗一時的不快，但岳飛在亂局中的此舉，明顯對趙構個人忠心耿耿。趙構不是傻子，怎能不明白岳飛的忠誠？事實上，他隨後還讓岳飛拜見了趙瑗，這就是帝王讓信任的將領將來好好輔佐下一任皇帝的慣常示意方法。

二十多年後，**高宗所選擇傳位的，正是岳飛在兩位候選人中看好的趙瑗**。岳飛在此事中表現出來的政治智慧，連挑剔的朱熹老夫子都認為可以作為人臣忠君的典範，而不是僭越的反面教材。

另一方面，宋朝作為揚文抑武非常明顯的朝代，從制度上保證了前後三百年間沒有任何一位武將能夠強勢到軍閥化、藩鎮化的地步，他們的實力從未對皇權和朝政構成過威脅，所以趙構害怕岳飛對自己形成政治威脅的可能性幾乎沒有。

趙構真正害怕的，只有將北宋一舉滅亡、將父兄一鼓擄去、將自己追殺得走投無路浮海而逃幾百里的金國。我們今天看歷史記載也許不覺得這是多麼可怕的事情，但是悲劇當事人的心理陰影面積，我們作為輕飄飄的局外人很難計算準確。所以對趙構來說，頭等要緊的大事是與金國媾和，以保住自己偏安江南的榮華富貴，而不是與其進行勝負難料的戰爭。

另外，我們還可以從現實的利益得失來分析趙構面前的牌局。如果與金國媾和成功，自己這個皇帝就妥妥的當下去。如果硬要與之戰鬥，即使舉國節衣縮食的打贏了，自己也還是皇帝，又不會升一級，搞不好還得面對哥哥趙桓回歸那件麻煩事。而且最多就是能收復中原故土，又不大可能一直追到女真老窩白山黑水之間去把金國政權給滅了，這個持久戰不知道要打到哪一年。

而武將一旦在常年征戰中積累威望，軍隊容易私家化、軍閥化，自己的祖宗趙匡胤當年就是這樣黃袍加身當上皇帝的，這種危險的可能性必須杜絕。反之，一旦戰敗的話，自己的皇位還能不能坐得穩、小命還能不能保得住都不好說。

這樣仔細核算下來，**對趙構而言，打贏也沒有明顯收益還有一堆潛在麻煩，打輸則更要把老本都賠光**，那又何必為了一個「恢復中原」的虛名而戰呢？只有媾和，不管多屈辱都必須媾和，才符合趙構的現實利益。而受託來維護他利益的，正是負責對金議和事宜的宰相秦檜。

天日昭昭，蒙古人也叫屈

但是現在媾和卻有巨大的絆腳石，就是主戰派的將領岳飛和韓世忠。秦檜本來計畫先對韓世忠動手，唆使另一位資深大將張俊來聯合岳飛，趁著視察韓世忠軍隊的機會瓜分其軍，岳飛堅決不肯，因此得罪張俊。

秦檜又將韓世忠的軍吏逮捕到大理寺，要他誣告韓世忠，岳飛得知後派人快馬送信給韓世忠，告知他秦檜的陰謀。韓世忠立刻求見高宗，為自己澄清。秦檜大怒，正好此時收到金兀朮的來信：「你們一天到晚說要求和，而岳飛正在圖謀河北之地，並且殺了我的女婿，此仇不可不報。必殺岳飛，而後和議可成也。」於是秦檜調轉矛頭先對付岳飛，構陷了冤獄要置其於死地。

韓世忠親自跑去見秦檜，質問這個毫無證據的案子，秦檜道：「其事體莫須有。」韓世忠大怒：「『莫須有』三字，何以服天下！」秦檜死豬不怕開水燙的兩手一攤，韓世忠只能無奈的憤然離去。

紹興十一年十二月二十九日（西元一一四二年一月二十七日），宋高宗最終下詔：「岳飛特賜死。張憲、岳雲並依軍法施行，令楊沂中監斬，仍多差兵將防護。」三人一起被害於大理寺風波亭。

岳飛臨刑前在供狀上寫下八字絕筆：「天日昭昭！天日昭昭！」卒年三十九，長子岳雲卒年二十三。蒙古人所編的《宋史・岳飛傳》結尾寫道：「自壞汝萬里長城！高宗忍自棄其中原，故忍殺飛，嗚呼冤哉！嗚呼冤哉！」在惜字如金的史書中發出這種重疊的感嘆，可見天下人無不知岳飛之冤也如此！

岳飛死後，心灰意冷的韓世忠辭去樞密使之職，終日借酒澆愁去了。金國將領酌酒相慶：「和議自此堅矣！」這一年達成的《紹興和議》，金國「冊封」趙構為皇帝，南宋對金稱臣納貢，割讓從前被岳飛收復的唐州、鄧州等地，兩國以淮河——大散關一線為界。自此之後，南宋再也無力改變苟且偏安江南一隅的格局，直到被蒙古人滅亡。

南宋的百姓只能將害死岳飛的帳都算到秦檜夫妻頭上，恨不得把他倆一起送下油鍋，於是發明了油炸兩個麵人的食品「油炸檜」，流傳到今天簡稱為「油條」。這就是為什麼全國各地的油條都是兩根並連，從無單根的緣故。

第二十三章

提兵百萬西湖上，幾曾著眼看侯王

紹興三十年，金主完顏亮將柳永那首描寫杭州繁華的《望海潮》寫在屏風上，準備再次撕毀和約率軍南侵。一心想做太平天子的趙構被驚醒美夢之後，趕緊立趙瑗為皇子，這樣隨時可以退位推卸責任，真不愧是趙佶的兒子，連這種鴕鳥招數也要照抄。

書生大戰金國雄兵

紹興三十一年，完顏亮揮軍南下，在揚州長江岸邊躍馬揚鞭，極目南望，意氣風發的吟出了《南征至維揚望江左》：

萬里車書盡會同，江南豈有別疆封？
提兵百萬西湖上，立馬吳山第一峰。

這應該是雄踞北方的大金國在它整個一百多年歷史中，最有名的詩作。完顏亮豪情萬丈的吟完詩後，指揮十五萬雄兵欲從馬鞍山的采石磯渡江。得到消息的趙構立即在臨安開始打點行裝，準備再次浮海而逃。這次挺身而出拯救他的，是紹興二十四年進士虞允文。

常言道「百無一用是書生」，而且**虞書生此前從未帶過兵打過仗**，這次的任務本來只是去前線犒軍打個醬油，沒想到主將李顯忠還在赴任路上未及趕到，敵軍已經兵臨長江對岸，虞允文勇敢的主動擔起了指揮之責。第一仗遇上的就是率領傾國之兵而來的敵國皇帝，這樣的人生玩的才是心跳。

虞允文指揮一萬八千江東子弟兵浴血死戰不退，大破幾乎十倍於己的金兵。完顏亮只好退到下游的揚州想躲開虞允文，不料第一仗就打出感覺的虞書生，又率兵沿著南岸追到鎮江隔江阻截，實在是欺人太甚。

叔可忍嬸不可忍，完顏亮老羞成怒，下令金兵必須在三天內強渡長江，否則全體處死。可那時候從揚州到鎮江，還沒有現在的跨江大橋能方便的橫跨長江南北，孤注一擲的命令只會促使內部矛盾激化。

金國將領眼見虞允文麾下士氣高昂的部隊，在長江對面嚴陣以待，又聽說後方的完顏雍（後來廟號金世宗）在遼陽擁兵稱帝，軍心不穩乾脆嘩變，幹掉了自家這位不靠譜的領袖完顏亮，收兵北撤而去。

死後就平反更顯得冤

紹興三十二年，驚魂稍定的趙構立趙瑗為皇太子，並改其名為趙眘（按：音同慎），同年禪位成為太上皇，終於從擔驚受怕的皇帝崗位上成功退休。宋朝還會有很多皇帝的名字很生僻難認，其實他們本有一個常見字原名，完全是為了減少臣民們避諱的麻煩，才在登基前後改成一個生僻字，這是一個優良傳統。

趙昚（廟號孝宗）登基的當年，就「追復岳飛原官，以禮改葬，訪求其後，特與錄用」。但考慮到維護太上皇的聖明形象，孝宗也沒宣布岳飛是冤枉的。之前的統治者給一批人扣上罪名，之後的繼任者即使為其平反，對前任的錯誤都是蜻蜓點水一筆帶過，為尊者諱，才能最大限度的維持政權的合法性。中國統治者從古至今一直玩轉此道。

無論如何，孝宗算是為岳飛漫長的平反過程，走出了第一步。淳熙五年，孝宗詔見岳飛之子岳霖時說：「卿家紀律，用兵之法，張（浚）、韓（世忠）遠不及。卿家冤枉，朕悉知之，天下共知之。」隨著岳飛地位的不斷升高，作為高宗替死鬼的秦檜，當然就一步步淪落下去，直到最後夫妻倆被鑄了鐵像，長跪在西湖岳廟之中。

臭名祖先逼出後代機智

有秦檜這樣一位臭名昭著的祖先，他的後裔肯定很難抬起頭來做人。**秦檜死後六十年，其曾孫秦矩任職蘄州通判，面對來犯的十萬金兵力戰不屈**，城破後誓死不降自焚身亡，以自己的氣節為秦家挽回了部分聲譽。順便說一句，**秦檜沒有親生兒子**，善妒的王氏不允許他納妾，把自己哥哥的兒子改名秦熺（按：音同希）過繼給秦檜當養子。秦矩是秦熺的孫子，所以其實他的血緣是與王氏有關而與秦檜無關。

乾隆十七年的殿試結束後，準備欽定名次的清高宗讀到一篇卷子寫得文采飛揚，一看名字是「江寧秦大士」，便叫這位考生近前來，狐疑的問道：「南宋秦檜也是江寧人氏，你可是他的後代嗎？」聽得皇帝問出這麼一句話，整個大殿內頓時鴉雀無聲，旁人都為秦大士捏了一把汗，因為這個問題十分棘手。秦大士要嘛欺君，要嘛很可能在進一步的問答中謗祖，對讀書人來說都是不可饒恕的。只要答得有一點不妥當，最輕也是十幾年寒窗苦讀之功一朝盡廢，隨之此生功名無望；要是豬油蒙了心竅（按：指不開竅或喪失良心）敢欺君，就更有性命之憂。秦大士稍稍沉默，緩緩回答了七個字：「一朝天子一朝臣」。

當年有宋高宗這種昏庸的君主在上，就有秦檜這種賣國的臣子來迎合；如今是陛下您這種聖明的君主在上，自然就有我這種忠心耿直的臣子來輔佐。這個回答將自己的兩難處境輕鬆化解，更在古今對比中將馬屁拍得文雅含蓄，言簡意賅高明至極。乾隆龍顏大悅，欽點秦大士為一甲第一名。喜訊傳回江寧，地方官立刻按照習俗將秦大士家所在之處，更名為「秦狀元里」，此地名一直保持到今天，就在南京市秦淮區三山街附近。

在清朝那個時代，要想官做得穩當，只會向上面拍領導的馬屁還不夠，下面也不能有強烈的輿論反對。以這一點而論，如今當官要比清朝容易，只要做好上面的工作就夠了。

秦大士中了狀元後不久，與朋友們一起到杭州西湖遊玩，自然要走進湖畔的岳廟瞻仰一番。大家看到秦檜的跪像，紛紛不懷好意的戲謔新科狀元：「秦兄到了先輩所在之地，理當題一副對聯以記此遊。」

秦大士搖頭苦笑，略一思索，要來紙墨揮筆而就：「人從宋後羞名檜，我到墳前愧姓秦。」此聯一流傳出去，聽說者無不對秦狀元的文采胸襟豎起大拇指，結果他的口碑不但沒有因為姓秦被減分，反而因此加分了。

按道理而言，即使秦檜是奸臣，秦大士本人又有什麼罪過呢？但是他願意放低姿態代先祖謝罪，立刻就得到了輿論的好感。一九七〇年前西德總理布蘭特在華沙猶太隔離區起義紀念碑前，突然自發一跪，成為西德與東歐國家、猶太民族、整個世界重歸於好的一座里程碑。次年他本人即獲得諾貝爾和平獎，而西德則得到了世人的諒解、信任和尊重。在這件事上反觀東鄰日本的表現，就看得出民族特點的區別。

秦大士的對聯水準獨步當世，曾在家鄉的燕子磯石壁上親題兩句「漁火只疑星倒出，鐘聲欲共水爭流」。著名文學家袁枚到江寧擔任縣令時，看到此聯大為嘆賞，專程登門拜訪秦大士，與之結為好友。兩人相攜泛舟秦淮河，欣賞兩岸古蹟風光。秦大士望著洗淨六朝金粉繁華至今仍不疾不徐流淌的河水，觸景生情的詠出一首七絕《游秦淮》：

金粉飄零野草新，女牆日夜枕寒津。
興亡莫漫悲前事，淮水而今尚姓秦。

袁大才子聽到最後一句，忍不住脫口叫了聲：「好！」此詩很快便名聲大噪。秦大士在該謙卑的時候謙卑，在該自信的時候自信，平衡拿捏得剛剛好。

領導者喊的口號，你也配喊？

宋孝宗淳熙年間，退位當了太上皇的趙構不用再操心國事，常常帶幾個內侍微服出宮在杭州城內遊山玩水。某日他走進西湖畔一家酒肆，坐下來想要喝兩杯，只見大堂屏風上題著一首《風入松》：

一春長費買花錢，日日醉湖邊。
玉驄慣識西湖路，驕嘶過、沽酒樓前。
紅杏香中簫鼓，綠楊影裡秋千。
暖風十里麗人天，花壓鬢雲偏。
畫船載取春歸去，餘情付、湖水湖煙。
明日再攜殘酒，來尋陌上花鈿。

趙構念了第一句，便不禁嘖嘖稱賞，注目良久。隨後喚來酒肆掌櫃詢問：「這是何人所題？」掌櫃回答：「太學生俞國寶。」趙構笑道：「此調甚好，但是末句未免露了寒酸相。能夠一春長費買花錢、縱騎玉驄西湖畔之人，哪還會將殘酒打包帶回去呢？果然是個窮學生。叫他將此句改為『明日重扶殘醉』，則迥然不同。」轉頭吩咐隨從：「你去稟告官家，這俞國寶頗有才氣，給他安排個官職吧。」趙構固然是庸君，文學鑑賞力倒確實不低，兩方面都傳承了他父親的基因。

在趙構宣導的尋歡作樂奢靡風氣下，南宋小朝廷一派歌舞昇平。本來趙構將皇帝駐蹕（按：帝王出巡時，沿途停留暫住）的行在杭州改名為臨安，貌似給大家表了個態：朕在這裡只是臨時安頓一下，從沒忘恢復故京汴梁、中原故土。

但歷來當權者都是說一套做一套，屈辱媾和不就是為了苟且偏安嗎？西湖畔又是個美不勝收的地方，「西湖天下景，朝昏晴雨，四序總宜。杭人亦無時而不遊……日縻金錢，靡有紀極，故杭諺有『銷金鍋兒』之號，此語不為過也。」其樂已如此，何必還要去收復什麼中原呢？詩人林升有感於此，在臨安一家旅舍的牆壁上題詩：

> 山外青山樓外樓，西湖歌舞幾時休？
> 暖風熏得遊人醉，直把杭州作汴州。

這首《題臨安邸》擺明是譏刺當政者，居然沒有被有關部門派人鏟掉，甚至還被熱烈傳抄，可見南宋對言論的管控何等軟弱無能。這種事情在今天是絕不可能發生的，別說你想寫這麼一首完整的七絕，就是只寫幾個敏感字，那也得讓你「ERROR 404-NOT FOUND（按：指頁面不存在或頁面錯誤）」灰飛煙滅、了無痕跡。而且這個敏感與否的邊界，從來都不會告訴你，甚至會存心誤導你。

有個社區外面停了一輛疑似報廢的殘破小貨車，過了幾年都沒有人來開走，業主們打了公安局、城管所、市容辦、市長熱線等任何想得到的電話，依然沒有一個人出面來處理這件事。

後來有位業主買來噴漆槍，入夜時分偷偷摸摸在車身兩側噴上「民主、自由」四個醒目大字，第二天這輛幾年都沒人管的車子就消失無蹤了。

所以大家不要以為中國政府部門都是效率低下，那要分什麼事。你可能覺得奇怪，民主、自由不是屬於「二十四字社會主義核心價值觀」的內容嗎？政府領導們不都在電視上宣傳嗎？提這種問題的都是不了解中國國情的——那是領導們喊的口號，你也配喊？你是想幹什麼？

嘴上說懶得做官，實際上……

秦檜非常喜愛養子秦熺，作為大宋帝國的宰相，他絕對有條件讓自己的孩子不輸在起跑線上。要請家教，不請最好的，就請最貴的。當代最貴、最有名望的詞人是誰？如果不考慮夫人王氏的表妹李清照，無疑只有朱敦儒。

朱敦儒，字希真，比李清照大三歲，洛陽人氏，年輕時隱居故鄉，有《卜算子》一闋流傳天下：

古澗一枝梅，免被園林鎖。
路遠山深不怕寒，似共春相趓（按：音同朵，隱藏）。
幽思有誰知？托契都難可。
獨自風流獨自香，明月來尋我。

「獨自風流獨自香」，使得朱敦儒「志行高潔，雖為布衣而有朝野之望」。靖康年間，宋欽宗召他到汴梁，想任命其為國子監的學官。這正是「獨自風流獨自香」所要的結果，那便是「明月來尋我」。朱敦儒眼看亂世將至，固辭不受：「自樂閒曠，爵祿非所願也。」從汴梁返回西京洛陽後，作《鷓鴣天・西都作》一首：

我是清都山水郎，天教分付與疏狂。

曾批給雨支風券，累上留雲借月章。
詩萬首，酒千觴。幾曾著眼看侯王？
玉樓金闕慵歸去，且插梅花醉洛陽。

「清都」指天帝的都城，「山水郎」是為天帝管理山水的郎官。我曾經呼風喚雨，還多次向天帝上奏章以留住彩雲、借走月亮。像我這麼跩的人，根本不曾正眼看過那些貴族侯王。就算到玉樓金闕的天宮裡做官我都懶得去，何況不過是人間的都城呢？只願鬢邊插著梅花，醉飲在這美麗的洛陽。此詞一副有才任性、藐視權貴的派頭，為時人所稱賞。

南渡之後，朱敦儒被高宗任命為祕書省正字，後因發表主戰言論被主和派彈劾而免職閒居。此時秦檜為了籠絡他來教秦熺作詩，特意舉薦其為鴻臚少卿（按：主管朝廷禮儀和外交部門的副部長）。朱敦儒應召至臨安後，有人作詩譏刺：

少室山人久掛冠，不知何事到長安？
如今縱插梅花醉，未必王侯著眼看。

這裡用河南嵩山少室山指代洛陽人朱敦儒，用長安指代都城臨安。意思是，當年你不是牛哄哄看不起王侯嗎？話不要說得太滿，如今你就算把頭上插滿梅花裝高雅，王侯們也看不起你啦。

不穿黃衣、青魚當子魚

秦檜向下善於籠絡，向上則善於逢迎，身為一人之下萬人之上的宰相卻很低調避嫌。有兩個小故事頗能體現他這方面的特點。

有一天秦熺穿了件黃葛衣衫準備跟隨父親出門，秦檜瞪了他一眼：「去把衣服換了！」秦熺沒明白父親的意思，心想可能老人家欣賞不了咱們年輕人的時髦款式，就換了另一件比較傳統款的黃葛，秦檜氣不打一處來的瞪眼怒吼：「去換白葛！」秦熺莫名其妙：「這種黃葛是貴賤通用的，我穿它並沒有僭越啊。」秦檜滿臉漲得通紅的喝道：「黃葛和皇家的赭黃顏色相近，就算別人都可用，我和你卻不可用！」

還有一次，秦檜夫人王氏按例入宮拜望宋高宗之母顯仁太后，履行貴婦陪老人家聊天的禮儀。太后隨口聊到一句：「老身很喜歡吃子魚，不過最近很久沒有吃到大一點的啦。」王氏一看這是個逢迎巴結太后的好機會，趕緊說：「妾身家倒是養了些子魚，明天派人就給您送一百尾來！」

一回到家，王氏就忙不迭的向秦檜報告好消息：「這次我幫你好好孝敬了一下太后呢！」秦檜一聽詳情，不禁大驚失色：「真是頭髮長、見識短的婦人之見！太后想吃條大點的子魚，連皇帝都搞不到，咱家卻輕輕鬆鬆就能拿出一百尾來。妳這是想害死我吧？」

輾轉反側一宿之後，第二天一早趕緊裝了一百尾普通的青魚差人送進宮去。太后聽說秦家的一百尾子魚送到，皺著眉頭出來驗收，一看之下忍不住拍掌大笑：「我說秦檜老婆是個鄉下人，果不其然。原來她連稀奇的子魚和普通的青魚都分不清楚，哈哈哈哈！」

以上兩個故事，都出於葉紹翁所著的《四朝聞見錄》，此書記載了宋高宗、孝宗、光宗、寧宗四朝的許多軼事。因葉紹翁在光宗和寧宗朝做官，所以這些當時第一手的資料很有價值。當然他最負盛名的作品並非此書，而是那首膾炙人口的《遊園不值》：

應憐屐齒印蒼苔，小扣柴扉久不開。
春色滿園關不住，一枝紅杏出牆來。

不值，就是沒有得到機會，想進入那個小花園觀賞但是未能入其門。自從元代以後，從第四句簡化而來的「紅杏出牆」成為某種社會現象的專用雅稱，從側面證明了此詩後兩句的藝術水準之高。錢鍾書先生在《宋詩選注》裡提醒我們，這首古今傳誦的詩其實脫胎於陸游的《馬上作》：

▲ 一枝紅杏出牆頭——就算有重重困難，新生事物必衝破難關、蓬勃發展。

平橋小陌雨初收，淡日穿雲翠靄浮。
楊柳不遮春色斷，一枝紅杏出牆頭。

不過在第三句上，葉紹翁寫得比陸游更有新意。正是由於「關」字強而有力的反向鋪墊，第四句的「出」字才能帶給讀者「關不住」的驚喜。

第二十四章

紅酥手、黃縢酒，陸游名與漢江流

葉紹翁在《四朝聞見錄》中提到，陸游的母親在生產之前夢到過秦觀，所以將秦少游的名和字顛倒過來，為兒子取名游，字務觀。陸游出身於山陰（今浙江紹興）的官宦詩書世家，其始祖據說是春秋時楚國著名高士陸通。

家學淵源，父親是天下第一藏書家

陸通，字接輿，因為行為狂誕，所以得了大號「楚狂接輿」。當年逛遍全中國都找不到理想工作的孔老夫子，跑到楚國求職時，陸通在馬車旁唱小調存心氣人：「鳳兮鳳兮，何德之衰？往者不可諫，來者猶可追。已而已而，今之從政者殆而！」翻成白話大致就是：「孔老二你這個落毛的鳳凰不如雞，德行曲線一路下滑啊。時光一去不回頭，過去的錯誤來不及後悔，知錯就改也猶未為晚。算了吧，算了吧，現在當官從政都是高危職業呢。」

孔子一聽，這唱歌的人好像很有見識，趕快下車想找他交談，陸通已經躲開不見了。看起來像不屑於理你，又非得主動跳出來說你幾句；等你想回話的時候，他咻的已經迅速消失。孔子的門人憤憤不平的把這件事記錄在《論語》之中，使得這種高人風範從烈烈先秦一直流傳到今天。東晉的陶淵明就很崇拜楚狂接輿，學習他的精神不肯為五斗米折腰做官。

楚狂接輿曾經很跩的教訓孔夫子這件事，毫無疑問的證明了陸家的來頭之大。陸游的祖父陸佃，官至尚書右丞（副宰相），年輕時曾受教於王安石。王安石當政時，詢問陸佃對於新法的意見，陸佃回答：「新法並非不好，但恐怕推行時不能如您的本意，最終會搞得於民不便。」王安石沒有聽到自己想聽的話，眉頭一皺，就安排陸佃去研究學問，不再以政務問題來諮詢他。

風水輪流轉，等到宋神宗駕崩司馬光當政時，朝廷上的新黨基本被貶逐乾淨，舊黨范祖禹、黃庭堅被安排主修《神宗實錄》，陸佃多次為了維護王安石的聲譽（自然也會牽扯到神宗的聲譽）與之爭辯。黃庭堅搖頭：「如果照陸侍郎的說法來寫，那是諂媚的史書了！」陸佃針鋒相對：「如果照魯直的意思來寫，則是誹謗的史書！」

陸佃被人視為新黨成員，在舊黨上臺幾年後還沒有辭官，所以舊黨認為他隱忍苟且，而新黨也認為他「氣節不足」。在政治上不願意結黨站隊的人經常兩頭不討好，這個方面陸佃應該能深刻理解李商隱和蘇軾。

陸佃的兒子陸宰，是當時著名的藏書家。宋徽宗宣和七年，陸宰奉詔入朝，妻子在船上生下第三子陸游。正是這一年，金軍大舉南下攻宋，徽宗傳位欽宗，次年改元「靖康」。靖康二年，金兵即攻破汴京，北宋滅亡。同年康王趙構即在應天府稱帝，改元「建炎」，南宋開始，所以陸游屬於南宋的第一批詩人。陸宰帶著家眷歷盡千辛萬苦逃回老家山陰，兩歲的小陸游親身體驗了亡國逃難之苦，後來他用「我生學步逢喪亂」、「兒時萬死避胡兵」的詩句回憶了這一段難忘的經歷。

紹興十三年，宋高宗鑑於皇室的藏書在戰亂中損失太多，便向全天下訪求，首先就命紹興府官員，到陸宰家抄錄藏書，結果抄了一萬三千卷之多，都是陸宰在戰亂中費盡心血保存下來的。在這樣的詩書氛圍中，陸游想不成為早慧少年也很難。他七歲那年，父親陸宰指著一隻聒噪亂叫的烏鴉出了道考題：「別人都說烏鴉不吉利，你認為如何？」小陸游思索片刻，昂起頭來吟出一聯：「窮達得非吾有命，吉凶誰謂汝先知？」這種態度在泛神論的古代中國屬於相當囂張的。

古今難題：婆媳關係

紹興十四年，二十歲的陸游娶了唐婉為妻。唐婉才華橫溢，與陸游琴瑟和諧，夫婦情好日深。據說陸母對此十分不滿，擔心因此影響了兒子的學業，這個理由怎麼看都不太充分。筆者只能懷疑這位婆婆是在吃兒媳婦的醋，覺得她搶走了自己兒子的感情歸屬；另一方面，作為才女的唐婉可能性情耿介，對吹毛求疵的婆婆未必百依百順。婆媳關係本就難處，而且她們都姓唐，五百年前是一家的人內鬥起來，恐怕更加是可忍孰不可忍。

總之，強勢的婆婆以唐婉不育為由命令兒子休妻，恪守封建孝道糟粕的陸游不敢違逆，耍了個小聰明在外面找房子偷偷安置唐婉，並時常去看她。婆婆察覺後大怒，迅疾為陸游另娶了一位溫順本分的王氏女子路人甲。唐婉家人則將她改嫁給隨父親遷來紹興的皇族後裔趙士程。

說起來陸游和趙士程還是遠親。陸游的姨父錢忱，是宋太宗趙光義的四代外孫（同時還是吳越王錢俶的四代孫，因為他的母親是宋仁宗之女、秦魯國大長公主，嫁給了他父親會稽郡王錢景臻）；而趙士程的父親儀王趙仲湜，則是宋太宗的四代孫。陸游和趙士程的親戚關係就這麼遠，但居然恰好是同輩。

比陸游小六十歲的劉克莊在《後村詩話》裡說：「二親數遣婦，放翁不敢逆尊者意，與婦訣。某氏改事某官，與陸氏有中外。」意思是「某官（即趙士程）」與陸家有親戚關係。又過了四十年，周密在《齊東野語》中第一次明言陸妻姓唐，是唐閎之女，和陸母是姑侄。但唐閎是山陰唐氏，陸母則是江陵唐氏唐介的孫女，兩家唐氏雖然同姓，卻不同宗。

根據唐介的墓誌銘，他全部六個孫子起名都是心字底，並無唐閎其人。所以應該是周密誤讀，以為陸母姓唐，劉克莊那句話指的是「某氏（唐婉）」與陸家有親戚關係，也就是陸母唐氏的姑侄女。從此以訛傳訛七百多年，大家都說唐婉是陸游的表妹。

陸游論中原，秦檜讓他中不了狀元

被嚴母棒打鴛鴦而無可奈何的陸游只能擦乾眼淚，埋首專心攻讀，於紹興二十三年參加朝廷舉辦的「鎖廳試」一展身手。鎖廳試是宋朝專為朝廷官員、宗室後裔以及官宦子弟舉行的考試，這一年的考生中奪魁呼聲最高的是秦塤（按：音同宣）。因為宰相秦檜已經向主考官陳之茂做過明示：「秦塤是秦熺的兒子，你看他們名字的偏旁，火生土哦；誰都知道秦熺是我秦檜的兒子，木生火嘛。」

考試結束之後，陳之茂先閱了秦塤的卷子，這位祖父、父親都是進士的官三代所作文章自然不會差。再一份一份看下去，審到陸游的卷子，這位的祖父同樣是進士，父親則是全國首屈一指的大藏書家，所作文章水準明顯更高出秦塤一籌。陳之茂讀得讚不絕口，不願昧著良心將陸游列在秦塤之下。經過激烈的思想鬥爭後，還是將陸游判為第一，秦塤則排名第二，秦相爺的面子總要給的。

但秦檜對此結果很不滿意，牢牢的記住陸游這個將自己孫子擠下來的名字，而且注意到這不知天高地厚的小子，喜歡妄論「恢復中原」，那是最令宰相大人討厭的話題。

紹興二十四年的禮部省試才是真正的科舉大考，考官御史中丞魏師遜和禮部侍郎湯思退，都是秦檜的親信。結果秦塤不出意外的被列為第一名，被特別關照的陸游也不出意外的落榜。

接下來就是由皇帝親自主持殿試，對進士們進行最終的排名。大多數情況下，皇帝都會尊重省試主考官的那份排名，而且大家都認為高宗對秦檜寵信有加，秦塤得到這個狀元是板上釘釘之事，殿試只是走個過場而已。

高宗一讀秦塤的文章，感覺觀點都是秦檜的老生常談，早已聽得耳朵起繭味同嚼蠟，不禁搖了搖頭。轉眼看到一份答卷很厚，隨手抽出來一看，是四川簡陽人張孝祥的洋洋萬言，文章立意既高，書法又好，十分喜愛，當即欽點為頭名狀元；轉手將秦塤降為第三，當了個探花郎。這真是天心難測。政治嗅覺過於敏感的秦檜心情一落千丈，次年即因病治療無效死亡，走完了他榮華富貴卻遺臭萬年的人生。

與張孝祥同榜中進士的，還有大名鼎鼎的虞允文、范成大、楊萬里。南宋這一榜之星光璀璨，直追北宋仁宗嘉祐二年。本來在這群星閃耀之間，應該還有那顆最巨之星陸游。

張孝祥，字安國，比陸游小七歲，是寫出「還君明珠雙淚垂」的唐朝著名詩人張籍的七世孫，有代表作《六州歌頭》：

長淮望斷，關塞莽然平。
征塵暗，霜風勁，悄邊聲，黯銷凝。
追想當年事，殆天數，非人力。洙泗上，弦歌地，亦膻腥。
隔水氈鄉，落日牛羊下，區脫縱橫。
看名王宵獵，騎火一川明。笳鼓悲鳴，遣人驚。

念腰間箭，匣中劍，空埃蠹，竟何成！
時易失，心徒壯，歲將零，渺神京。
干羽方懷遠，靜烽燧，且休兵。

冠蓋使，紛馳騖，若為情。
聞道中原遺老，常南望、翠葆霓旌。
使行人到此，忠憤氣填膺，有淚如傾。

這首詞是張孝祥在建康的一次宴會上即席所作，當時席上的主戰派大將張浚（按：張浚跟前文提及，與秦檜一起陷害岳飛的張俊是不同人）讀到「聞道中原遺老……有淚如傾」之句，哽咽不能言，連酒也喝不下去了，只能投筷起身離席而去。張浚有感於張孝祥的忠義之心，後來向宋孝宗推薦他為負責起草詔令的中書舍人。

張孝祥的文學偶像是蘇軾，每次寫好詩文，必詢問他的門人：「我這篇和東坡先生相比如何？」對他的門人而言，經常要回答這種問題肯定是一種EQ方面的考驗。

釵頭鳳

紹興二十五年季春的三月五日，紹興人民紛紛出遊，順帶慶祝大禹的生日。相傳大禹出生於北川（今四川綿陽），率領天下人治理洪水成功後，在江南登山召開大會論功行賞，有德之人賜爵，有功之人分封，因此命名此山為會稽山（會計功勛之山），完成這最後一項工作後去世，就葬在山上。秦始皇滅盡越國殘餘後，將此地設為會稽郡，隋、唐、宋三朝名為越州，宋高宗時升為紹興府。

去年在省試中被秦檜排擠下榜而一直鬱悶的陸游，信步走到沈園散心，不想恰好遇到了也出門春遊的趙士程、唐婉一家。唐婉知道趙士程是一位豁達大度之人，在和他打招呼之後，差人送了一套好酒果品給陸游以問候致意。陸游看著盤中黃紙封的官酒、前妻親手所做的狀似佛手的點心「紅酥手」，前塵往事都浮上心頭，不禁悵然長嘆，將酒一飲而盡，就著酒意找來紙筆在沈園牆上題了一首《釵頭鳳》：

紅酥手，黃縢酒，滿城春色宮牆柳。
東風惡，歡情薄。一懷愁緒，幾年離索。
錯，錯，錯！
春如舊，人空瘦，淚痕紅浥鮫綃透。
桃花落，閑池閣。山盟猶在，錦書難托。
莫，莫，莫！

大部分人將「紅酥手」解釋成唐婉的纖纖玉手，既不太合乎常理，也沒有出處。前人筆記小說中，有的寫「唐以語趙，遣致酒肴」，有的寫「遣遣黃封酒果饌，通殷勤」，筆者還沒有看過兩人有當面交談的版本。從「遣」字來看，唐婉當是派人送東西給陸游，而非本人親送，所以陸游不會近距離看見前妻的手。

據南海邊的居民口口相傳，海中有一種人首魚尾的鮫人。當他們游到大西洋去的時候，被歐洲人看見了就叫做「美人魚」。鮫人的眼淚如果流到蚌殼裡，會變成晶瑩的珍珠，「鮫人泣淚皆成珠」是很悲傷淒婉的意象。滄海之上一輪明月高照，蚌殼向月張開，讓月光滋養其內鮫人淚水所化成的珍珠。珍珠得到月亮的光華，越來越瑩潤光澤，這便是李商隱的名句「滄海月明珠有淚」。

鮫人所織的綃則稱為「鮫綃」，可以做成衣服，特點是「入水不濡」。「淚痕紅浥鮫綃透」，就是眼淚流得將本來不沾水的鮫綃都能浸透。陸母自以為對兒子擁有所有權，粗暴干涉子女婚姻；對陸游來說，屈從母親算是時代侷限的悲劇。但今天依然有所謂孝子只知愚孝，毀掉整個家庭的幸福，正所謂可憐之人常有可恨之處。

過了幾日，滿腹心事的唐婉帶著侍女又來沈園，走到陸游題詞的牆壁前，一個人默默端詳良久，然後提筆在旁邊也題了一首《釵頭鳳》：

世情薄，人情惡，雨送黃昏花易落。
曉風乾，淚痕殘。欲箋心事，獨語斜闌。
難，難，難！

人成各，今非昨，病魂常似秋千索。
角聲寒，夜闌珊。怕人尋問，咽淚裝歡。
瞞，瞞，瞞！

唐婉回到家後便一病不起，這年秋天抑鬱而終。以上筆者主要綜合了宋人的《西塘集耆舊續聞》、《後村詩話》和《齊東野語》，盡可能爭取合乎情理的描摹完整這段淒美的著名故事。

皇帝想北伐，朝中無良將

紹興二十八年，三十三歲的陸游出任福州寧德縣主簿，自此開始邁入漫長而坎坷的仕途。不久後他被調入都城，成為有機會與皇帝近距離接觸的京官。

紹興三十二年，宋孝宗即位，信任、重用自己當皇太子時的老師史浩。史浩是南宋一朝政治水準很高的宰相，為政穩健，非常智慧的幫助孝宗處理好與高宗之間的複雜關係，是孝宗能當上皇帝的最大功臣。他一上臺就力促孝宗為岳飛恢復了名譽，召回一大批被秦檜貶斥的主戰派官員，並且推薦陸游擔任樞密院編修官，賜進士出身。樞密院是宋朝的軍事中樞機構，而免考「賜進士出身」則是讀書人的殊榮。

次年即是新皇帝的隆興元年，孝宗受兩年前采石磯大捷的激勵，起用主戰派老將張浚，意圖北伐。史浩看出南宋多年來在高宗的投降政策下武備不修，紹興三十一年之勝在很大程度上是基於金國內亂，所以認為不可操之過急。陸游也上疏，建議先整飭吏治軍紀，勿輕率出兵，在固守江淮的基礎上慢慢籌劃恢復中原。這個調子不符合孝宗的志向，不久陸游就被罷為鎮江府通判，而離開了京師。

史浩和陸游的觀點，都是基於當時宋金雙方的實力對比。後人總結，高宗朝有中興之將，無中興之君；孝宗朝有中興之君，無中興之將。比如當時的主戰派領袖張浚，雖有中興之志，卻無中興之才，可謂志大才疏。而對手則是趙翼所論「金代九君，世宗最賢」的完顏雍，他不興兵戈、休養生息，為金朝帶來了「大定之治」，甚至被稱為「小堯舜」。

兵凶戰危，面對這樣強大的敵人，必須周密部署，不可心存僥倖，所以史浩勸張浚說：「明公（按：對有名位者的尊稱）以大仇未復，決意用兵，此實忠義之心。然不量力而圖之，是徒慕名爾。」主張先立於不敗之地，再尋求可勝之機。張浚皺眉：「老夫年事已高，等不及你們那種徐徐圖之的方法。」這句話讓筆者想起，春秋時伍子胥鞭屍楚平王後的名言「吾日暮途遠，故倒行而逆施之」。

史浩繼續勸說：「當年晉朝平定東吳，是羊祜為之打下的基礎。雖然他先期病逝，並未參與伐吳之役，世人依舊歸首功於他。明公同樣可以先為北伐打好規模，使後人靠此而成，也是您的功勛，何必非要在條件不具備的情況下冒險急進呢？」張浚默然不答。史浩又懇切勸孝宗：「張浚急於用兵，一旦這次失敗，只怕陛下您終身無望恢復中原了！」然而孝宗初生牛犢不怕虎，還是授權張浚北伐。

張浚派兵出擊，初戰告捷，進據符離。然而領軍大將之間不肯配合力戰，相繼違令逃遁潰散，被金軍追擊大敗。符離之戰後，南宋無力再戰，不得不再度與金國議和。金世宗同樣無心戀戰，兩國簽訂「隆興和議」，南宋和金國之間從尊卑有別的君臣關係改為帶點親情遮羞布的「叔侄相稱」，屈辱的「歲貢」改為貌似中性一點的名稱「歲幣」，金額也打了一個八折。隆興北伐失敗導致宋朝元氣大傷，孝宗本人信心大損，從此不再提「恢復中原」，史浩的預見成真。金世宗也無意挑起戰端，此後兩國之間四十餘年無兵戈。

名與漢江流

隆興二年春天，陸游在鎮江任上結識張浚，為他獻計、獻策，張浚讚揚他「志在恢復」。這一年秋高氣爽之時，陸游陪鎮江知府方滋，登上長江邊北固山甘露寺內的多景樓，眺望江北風物，嘆息不已，寫下《水調歌頭・多景樓》：

江左占形勝，最數古徐州。

連山如畫，佳處縹緲著危樓。
鼓角臨風悲壯，烽火連空明滅，往事憶孫劉。
千里曜戈甲，萬灶宿貔貅。

露沾草，風落木，歲方秋。
使君宏放，談笑洗盡古今愁。
不見襄陽登覽，磨滅遊人無數，遺恨黯難收。
叔子獨千載，名與漢江流。

大家對甘露寺耳熟能詳，多是因為知道，三國時孫權曾在此用妹子招親劉備，「賠了夫人又折兵」。當年劉備在此登臨覽勝，見北固山之水天開闊，不禁讚嘆：「此乃天下第一江山也！」所以大家到此肯定都會「往事憶孫劉」。

後來那位皇帝當得好好的，卻突然丟下國家大事和滿朝文武跑到寺廟出家，然後讓自己的朝廷出鉅款贖回肉票，並且樂此不疲的把這事連幹了四次的神人梁武帝蕭衍到此，即興寫下「天下第一江山」石刻，如今你上了北固山還能看到。

叔子，是羊祜的字，就是史浩用來舉例勸說張浚的那位晉朝名將。襄陽城外有市民為他立了墮淚碑，熟悉《神雕俠侶》的讀者應該不陌生。羊祜的姐姐羊徽瑜是司馬師的妻子，也就是司馬懿的兒媳婦，是「司馬昭之心路人皆知」那傢伙的嫂子，也是晉朝開國皇帝司馬炎的嬸嬸。

羊祜的外公是漢末才子蔡邕，當年在曹娥碑的背面題了「黃絹幼婦外孫齏臼」八個字，無人能知其意，多年後楊修早於曹操三十里解開這個中國第一字謎（詳見《精英必備的素養：全唐詩（初唐到中唐精選）》）。

蔡邕的女兒蔡文姬在丈夫死後被匈奴擄去，嫁給左賢王，其作品有《悲憤詩》和《胡笳十八拍》。後來曹操想起蔡邕這個流落匈奴的女兒，愛惜他們父女的才華，派人用重金將蔡文姬贖回，並安排嫁給董祀，這叫「文姬歸漢」。從強漢到盛唐，中原只有以女子遠嫁匈奴和親的紀錄，能從塞外荒漠救回弱女子的唯有曹操一位，憑此一點可見他的英雄氣概。又過了很多年，那位匈奴左賢王的幼子劉淵建立五胡十六國亂世中的第一個政權——前漢，劉淵的兒子劉聰滅亡了司馬炎開創、羊祜為之打下統一根基的西晉皇朝。

陸游在北固山古蹟緬懷孫權、劉備、羊祜的功績，也是激勵方知府和自己去建立類似的名傳千秋之功業。張孝祥讀到此詞後非常喜歡，立刻派人刻在崖石上。

第二十五章

塞上長城空自許，放翁騎驢入劍門

直言無忌的陸游，先後因為指責孝宗寵臣和「結交諫官、鼓唱是非、力說張浚用兵」的罪名而被貶職，於乾道元年第一次被免官。

終生不被權勢改變初衷

陸游剛屆不惑之年，便回到山陰閒居，他於罷官的第二年，寫下梅花詞中的絕品《卜算子・詠梅》：

驛外斷橋邊，寂寞開無主。
已是黃昏獨自愁，更著風和雨。

無意苦爭春，一任群芳妒。
零落成泥碾作塵，只有香如故。

陸游在詞中自比人跡罕至之處的野梅，雖然環境淒涼，也不願與同儕爭競，有著傲雪凌霜的骨氣，更重要的是，沒有任何權勢能改變他的初衷。這是他孤高性情和一生際遇的寫照。

乾道三年，陸游在風景秀麗的老家，已經暫時修養得心平氣和，創作出了七律名篇《遊山西村》：

莫笑農家臘酒渾，豐年留客足雞豚。
山重水複疑無路，柳暗花明又一村。
簫鼓追隨春社近，衣冠簡樸古風存。
從今若許閒乘月，拄杖無時夜叩門。

紹興黃酒自古有名，即使是農家臘月裡自釀的渾酒也別有風味。「豐」、「足」兩字體現出江南水鄉的物質充沛，和陸游此時的閒適心情。「簫鼓追隨春社近」，讓我們想起近千年後，魯迅先生還在看著寫著同樣的紹興社戲。如果不是讀書人往往志在「了卻君王天下事，贏得身前生後名」，在這樣的鄉村生活中終老也是不錯的人生。

「山重水複疑無路，柳暗花明又一村」，本來是淺白的遊記文字，卻因為恰好能夠貼切表達深刻的生活哲理，今天已成為膾炙人口的名句。

細雨騎驢入劍門，國仇未報壯士老

乾道五年，陸游應朝廷徵召第二次出仕，擔任夔（按：音同癸）州（今重慶奉節）通判。這年張孝祥在蕪湖一艘小船上設宴，為同年進士好友虞允文送行，席間兩人談起中原淪喪未復，朝中主和派論調甚囂塵上，不禁切齒痛恨。張孝祥當時正在病中，那天又多喝了幾杯借酒澆愁，結果當晚就病發去世，時年僅三十七歲。消息傳到夔州，失去一位志同道合朋友的陸游含淚仰天長嘆。

乾道七年，樞密使、四川宣撫使王炎駐軍抗金前線南鄭（今陝西漢中），準備北伐中原，特地將陸游召為幕僚，委託他制定計畫。這與陸游的人生理想一拍即合，他立刻到定軍山、大散關等要塞實地巡邏勘察，為王炎擬定平戎之策。定軍山是當年黃忠陣斬夏侯淵之地，還是諸葛武侯安葬之所；大散關則是陳倉古道的出口咽喉，關中四關的東面雄關。兩地均為軍事重地。不料當年底朝廷就否決了王炎上報的計畫，調他回京，幕府也隨即被解散。

乾道八年，朝廷安排了一個成都府路安撫司參議的閒官，給四十七歲的陸游。從漢中赴川上任的途中，騎驢緩緩經過劍門時，陸游在雨中回首遙望自己心之所繫的邊境雄關，嘆了口氣，吟出一首《劍門道中遇微雨》：

衣上征塵雜酒痕，遠遊無處不銷魂。

此身合是詩人未？細雨騎驢入劍門。

「細雨騎驢入劍門」是很多人喜歡的名句，描繪的意境非常之美。但作者此時的心境卻並不美，而是鬱悶難平。一進劍門關，前方是舒適閒雅的天府之國，陸游一心想要殺敵報國的邊關則在背後越走越遠。

他本來覺得此身應該是一名軍人，現在看來難道僅僅是一個詩人嗎？天氣煙雨濛濛，心情也煙雨濛濛，壯志難伸，意在言外。

這一年，已在朝廷擔任樞密使的虞允文主動要求回到曾經任職的四川鎮撫，以圖光復中原。他到任的次年，舉薦陸游擔任嘉州（今四川樂山）通判。

可惜虞允文履職一年多後，便因積勞成疾於淳熙元年病逝。其後陸游又調回蜀州（今四川崇州）任通判。年屆半百的陸游眼看自己兩鬢已經斑白，恢復中原的志向依舊飄在半空之中，用一首七言古體詩《長歌行》抒發胸中的鬱結之氣：

人生不作安期生，醉入東海騎長鯨；
猶當出作李西平，手梟逆賊清舊京。
金印煌煌未入手，白髮種種來無情。
成都古寺臥秋晚，落日偏傍僧窗明。

豈其馬上破賊手，哦詩長作寒螿（按：音同江）鳴？
興來買盡市橋酒，大車磊落堆長瓶。
哀絲豪竹助劇飲，如鋸野受黃河傾。
平時一滴不入口，意氣頓使千人驚。
國仇未報壯士老，匣中寶劍夜有聲。
何當凱旋宴將士？三更雪壓飛狐城！

安期生據說是一位古代修道成仙之人，夢想長生不老的秦始皇、漢武帝和嘗試過修道的李白都以此人為偶像。陸游先承認人生的最高理想是白日升仙，當然這是做白日夢。那麼即使成為不了安期生那樣的神仙，退一步也應該成為李晟那樣的名將。唐德宗時，朱泚在「涇原之變」後造反稱帝，《正氣歌》中「或為擊賊笏」的段秀實就是死於這場叛亂。李晟在極端不利的情況下孤軍苦戰，最終收復長安，「清舊京」迎還德宗，而朱泚敗逃被殺。李晟因功封西平郡王，所以人稱「李西平」。

李晟的長子李愿，位至正一品的檢校司空，杜牧用一首詩從他手中討得了歌女紫雲。李晟的八子李愬，在唐憲宗時平定淮西之戰中，雪夜入蔡州生擒吳元濟，創造了中國歷史上奇襲戰的典範。

韓愈為頌揚此役勝利寫了《平淮西碑》，唐憲宗將這文章的一塊石刻，賞賜給文中提到的功臣之一韓弘，韓弘大喜過望，饋贈了韓愈五百匹絹（上述故事詳見《精英必備的素養：全唐詩（中唐到晚唐精選）》）。全詩的詩眼在「國仇未報壯士老，匣中寶劍夜有聲」，這一名句也是陸游一生壯志未酬的小像。

陸游不注東坡詩，難！難！難！

淳熙二年，躋身紹興二十四年進士群星榜的范成大，以敷文閣待制出任四川制置使，舉薦陸游為參議。兩人雖然論官職是上下級關係，但年齡相若、文才相當、政見相近，很快通過詩酒唱和成為莫逆之交。

范成大見陸游對蘇軾的詩歌很有研究，慨然建議：「足下當寫一本東坡詩注，解明其意，以留給後來之人。」陸游搖頭：「非不為也，是不能也。」過了幾天，范成大又忍不住提起此事，陸游便舉了幾個例子來解釋原因。比如蘇軾的《董卓》詩曰：

公業平時勸用儒，諸公何事起相圖？
只言天下無健者，豈信車中有布乎！

東漢末年大臣鄭泰，字公業，在董卓專權時，常勸其任用那些對國家有忠義之心的儒士，結果這幫儒士一天到晚，圖謀幹掉董卓這個專橫殘暴的權臣。董卓想廢漢少帝時，袁紹反對：「漢家天下四百多年，恩澤深厚，兆民感戴已久。如今皇帝雖然年幼，世人也沒聽說他有什麼大的缺點。明公想廢嫡立庶，只怕大眾不會贊同您的意見。」董卓大怒：「豎子（按：對人的蔑稱）！天下事豈不取決於我？今天我想做這件事，誰敢不從？你以為俺董卓的刀不鋒利嗎！」袁紹昂首道：「天下健者，豈唯董公？（按：即天底下強大的人，難道只有董公你嗎？）」這是三國歷史上最令人熱血沸騰的豪言壯語之一。袁紹隨即手握佩刀，橫揖而出，星夜奔回老家冀州起兵反董去了。後來王允用貂蟬美人計引誘呂布反水，在董卓完全沒有想到的時候，將他殺於車下。

「豈信車中有布乎」的明面意思當然是指呂布背叛董卓，同時更是暗指當時朝中宰相曾布（按：曾鞏之弟、新黨領袖之一）的人品不值得稱道。陸游說此例「指當時用事者，則猶近而易見」，注解起來沒有什麼困難，但另外一個例子則不然。

蘇軾的好友兼姻親黃寔（按：音同實），字師是，乃是新黨領袖章惇的外甥。皇帝想提拔他到中樞重用，同為新黨的曾布卻暗中阻撓。黃寔被派為兩浙提點刑獄之職時，東坡作《送黃師是赴兩浙憲》，內有一聯「白首沉下吏，綠衣有公言」，後句頗為難解。原來蘇軾的侍妾王朝雲曾嘆息，黃師是年紀一大把了還仕途不順，朝廷升遷不公。侍妾常穿綠衣，地位不高，按理不應議論黃寔，但「有公言」表示朝雲是為黃寔抱不平，也有調侃之意。

如果不得自於與東坡熟識的故老相傳，是很難知道作者本意的。陸游認為，除非對於東坡的詩作都能夠了解到這個程度，為之作注才能沒有遺憾。范成大聽了，也只能嘆息一聲：「若必要如此，那確實是太難了！」此事就此擱置。如今「陸游不注東坡詩」則成為了千古遺憾。人有時候對自己要求太高，也不是什麼好事。

今號放翁，萬事從渠馬耳風

滿腹雄心壯志不得伸展的陸游經常借酒澆愁，「匣中寶劍夜有聲（按：意思是劍匣中的寶劍不甘被閒置，所以常在半夜裡發出聲響）」的鼓吹恢復中原，影響安定團結的大好局面，主和派一直看他很不順眼。但「恢復中原」畢竟是朝廷公開的宣傳口號，總不能因為陸游把它當真了就收拾他，主和派便攻擊他在生活作風上有問題，終日「燕飲頹放（按：燕通宴，指陸游經常聚會、飲酒，思想消沉，行為散漫）」。

就像當今，如果你經常鼓吹中國應該有更多的民主、自由、公正和法治，肯定也會有人看你很不順眼。但這幾個詞畢竟屬於公開的「二十四字社會主義核心價值觀」，也總不能因為你把它們當真了就收拾你，只不過他們可以攻擊你在生活作風上有問題，比如讓你涉嫌嫖娼。

淳熙三年，陸游被彈劾「頹放」而第二次免職。鑑於自己此時已經年過半百，他乾脆自號「放翁」，並在一首與范成大的和詩《和范待制秋興》裡自嘲：

策策桐飄已半空，啼螿漸覺近房櫳。
一生不作牛衣泣，萬事從渠馬耳風。
名姓已甘黃紙外，光陰全付綠尊中。
門前剝啄誰相覓，賀我今年號放翁。

無業遊民陸放翁在成都浣花溪邊，開闢了一個小菜園以維持生計。當年唐朝女詩人薛濤便是在這條小溪邊，用溪水和木芙蓉樹皮製作「浣花箋」，又名「薛濤箋」；不遠處是更加大名鼎鼎的杜甫草堂。住在成都的騷人墨客很容易會像杜甫一樣緬懷諸葛亮，陸游更是要從武侯一生矢志北伐中原的堅持不懈中，汲取精神力量，這一年他在《病起書懷》中寫道：

病骨支離紗帽寬，孤臣萬里客江干。
位卑未敢忘憂國，事定猶須待闔棺。
天地神靈扶廟社，京華父老望和鑾。
出師一表通今古，夜半挑燈更細看。

頷聯的大致意思是：雖然我現在仍然地位低微，但不敢忘記國家興亡匹夫有責；雖然我現在已然兩鬢斑白，但是也許將來還能做出一番事業，人死之後才蓋棺論定，不能太早放棄殺敵報國的理想。「位卑未敢忘憂國」從此成為後世憂國憂民寒素之士，用以自我勉勵的警句。

哪料到，做點正事如此艱難

淳熙四年春，范成大臥病請求離任，奉召還京。陸游送至眉州，在贈別詩《送范舍人還朝》中說自己「平生嗜酒不為味，聊欲醉中遺萬事。酒醒客散獨淒然，枕上屢揮憂國淚（按：平時喜歡喝酒不是為了嚐味道，而是想在醉中忘了萬事）」，詳細建議「公歸上前勉書策，先取關中次河北（按：你應回到皇上面前好好策劃，若北伐，最好先攻下關中，再向黃河以北中原進軍）」，諄諄懇請「因公並寄千萬意，早為神州清虜塵（按：透過范成大向朝廷的故人致意，及早為恢復故土肅清敵人做出貢獻）」。送別歸來後，一顆拳拳愛國之心跳動不停的放翁又寫下了名篇《關山月》：

和戎詔下十五年，將軍不戰空臨邊。
朱門沉沉按歌舞，廄馬肥死弓斷弦。
戍樓刁斗催落月，三十從軍今白髮。
笛裡誰知壯士心，沙頭空照征人骨。

中原干戈古亦聞，豈有逆胡傳子孫？
遺民忍死望恢復，幾處今宵垂淚痕！

宋金之間達成「隆興和議」，本以為是權宜之計，沒想到將近十五年過去還是無聲無息，中原的淪喪貌似要成為大家習慣的新常態了。庭院深深、死氣沉沉的達官貴人府上輕歌曼舞，將軍率兵駐守邊關白白浪費錢糧，不去收復中原。戰馬在廄中被養得肥胖而死，強弓在庫裡被藏到腐朽斷弦。中原大地在戰火干戈中淪喪自古有之，但哪有被異族占據後還能傳子傳孫的呢？強盜搶下來的地盤一旦傳給子孫，再想恢復就更困難了。

其實陸游作為歷史學家，不可能不知道西晉滅亡後中原陸沉戰亂上百年，「逆胡傳子孫」傳得歡著呢，他這樣說瞎話只是為增添詩歌的氣勢而已，結果是我們能感受到作者的悲痛憤慨，如熊熊烈火噴湧而出，藝術效果強烈。

此詩一出，大家紛紛傳誦，很快流入臨安深宮。宋孝宗本就志在恢復，一讀之下大為欣賞，於淳熙五年召見陸游，讓他第三次出來做官，任命為福州提舉常平茶鹽公事，主管糧倉、茶鹽、水利事項，次年轉為江西提舉常平茶鹽公事。

淳熙七年，江西暴雨成災，淹沒大片田地村莊，百姓飢餓潦倒。陸游一面打開常平倉撥糧救濟，救了許多災民的性命；一面上奏朝廷告急，請求同意開倉放糧。給事中趙汝愚彈劾這種先斬後奏的行為是「擅權」，陸游第三次被免職，再度回到故鄉山陰閒居，這次一歇就是五、六年。

淳熙十三年春，已過花甲之年的陸游深感時不我待，在極度沉鬱中再次爆發了又一篇名作《書憤》：

早歲那知世事艱，中原北望氣如山。
樓船夜雪瓜洲渡，鐵馬秋風大散關。
塞上長城空自許，鏡中衰鬢已先斑。
出師一表真名世，千載誰堪伯仲間！

放翁回想自己少年時初生牛犢不怕虎，可沒料到在世上做點正事會如此艱難。當年常常北望中原，立志收復故土的豪氣如山。這裡將「北望中原」寫成「中原北望」，是為了遵守格律，以與上句的平仄對應，使得音韻合拍。

陸游在鎮江任職時，丞相張浚曾親率備戰的水兵，駕駛樓船經過雪夜的瓜州渡口，令陸通判看得熱血澎湃。後來陸游到四川宣撫使王炎軍幕中，親臨陝西宋金邊界的大散關前線，不避危險滿腔熱情的實地調研籌劃北伐之策。南朝劉宋名將檀道濟被執政的彭城王劉義康冤殺之前，悲憤的怒吼「自壞汝萬里長城」，這是成語「自毀長城」的出處。

陸游本以能為國家鎮守塞外邊關的「長城」自許，可惜理想還沒來得及起步，攬鏡自照已經兩鬢斑白。在尾聯中他再次致敬一生偶像諸葛亮，對比十年前寫的《病起懷書》「出師一表通今古，夜半挑燈更細看（按：此句意思是，《出師表》忠義之氣萬古流芳深夜難眠，還是挑燈細細品讀。而《書憤》最後一句意思是，《出師表》名聞於世，千百年以來，有誰能跟他相比）」，現在的放翁對武侯的崇敬之情更加深厚了。

第二十六章

放翁重回釵頭鳳，夢斷香消，此生難料

和上次一樣，當代大詩人的佳作以光速再度傳入臨安，被同樣老了將近十歲的宋孝宗讀到，也再度想起這位比自己還大兩歲的鄉下陸老頭。孝宗深感繼前朝蘇軾之後，在自己一朝能出現陸游這麼一位大才子也是光彩之事，不能就這麼埋沒了他，立刻重新起用其為嚴州（今浙江桐廬、淳安、建德一帶）知州，讓他第四次出仕。

初春上任新官，自忖幹不到清明

放翁按例先入京，準備覲見皇帝謝恩並辭行上任。他住在西湖邊的客棧裡等待宣召，無聊時踱步觀看牆壁上各色詩人的留墨，包括林升著名的「山外青山樓外樓」，嗟嘆不已。一時技癢，提筆也在牆上題了一首《臨安春雨初霽》：

世味年來薄似紗，誰令騎馬客京華？
小樓一夜聽春雨，深巷明朝賣杏花。
矮紙斜行閒作草，晴窗細乳戲分茶。
素衣莫起風塵嘆，猶及清明可到家。

既然世情淡薄索然無味，又是什麼原因，讓我這連轎子也沒有的六十老翁，還得騎馬顛顛的在京華之地作客旅呢？年紀大了又有心事，睡眠品質不高，在客棧小樓上聽了一夜的春雨，一葉葉、一聲聲，空階滴到明。還好失眠是神經病，不是精神病。第二天一大早還沒睡醒，就聽到窗外小巷裡叫賣杏花的聲音，讓人感受到春天的氣息。百無聊賴之時隨便寫幾行草書，或者喝杯功夫茶打發時間。這種生活真不是我想要的。潔白的衣服，你就像我潔白的靈魂，別怕被京師的風塵弄髒，說不定清明節咱們就一起又回到家鄉啦。

看樣子放翁越來越世事洞明，知道自己不適合官場，很有自知之明。從後來的情況來看，他也很有先見之明。

孝宗沒過多久就召見了陸游，在大殿上交待完工作之後，很期待的勉勵他：「朕是特意安排愛卿去嚴州的。那地方山青水美，愛卿在公事之餘，可以多多遊覽賦詠。」陸游領旨謝恩而去，到了嚴州任上，「廣行賑恤（按：即救濟撫恤）」，深得百姓愛戴。

到了淳熙十四年，太上皇趙構駕崩。宋孝宗對養父恪盡孝道，心想做臣子的是辭官三年為父親服喪，那麼做皇帝的也可以退位服喪嘛，再加上自己已到了花甲之年，精力衰退倦於治事，便開始讓皇太子趙惇參與國政，準備仿效高宗當年的做法提前內禪。第二年，陸游在嚴州任滿，朝廷任他為軍器少監（按：類似於中國人民解放軍總裝備部副部長），調回首都工作。

詠風月嘲國事，陸游四度被放生

淳熙十六年正月，北方的金世宗完顏雍駕崩，皇太孫完顏璟即位（廟號金章宗）。按照「隆興和議」，南宋皇帝需在國書中對金國皇帝以「叔」尊稱，趙昚原本要叫比自己大四歲的完顏雍為叔，還勉強說得過去。但如今六十二歲的趙昚得叫二十一歲的完顏璟為叔，深感丟不起這個臉，二月時便迅速禪位給皇太子，讓四十二歲的趙惇（廟號光宗）去蒙羞，自己好歹和完顏璟混了個平輩。

趙惇在孝宗即位後先被封為恭王，如今又以恭王身分登基，所以認為自己的封邑恭州是「雙重喜慶」的福地，將它升了半級，改名為「重慶府」，這個名字一直沿用到如今。

而在《大明一統名勝志》中，則記載另外一種說法：「重慶者，以介乎順、紹二慶之間也。」但事實是宋理宗（南宋第五代皇帝）在登基之後，因為自己曾領果州（今四川南充）團練使，而將其升為順慶府，曾領武泰軍（今四川彭水）節度使而將其升為紹慶府。也就是說，在有了重慶這地名三、四十年後，才有順慶和紹慶這兩個地名。明人犯的錯誤是以今度古，想當然耳。

為慶祝新皇登基，按慣例宣布次年改元為「紹熙」，並將百官各升一級。陸游升任禮部郎中後，再次連上奏章，建議光宗廣開言路、減輕賦稅、繕修兵備，「力圖大計」恢復中原。主和派見他如此不合時宜，再次群起而攻之，朝廷最終以「嘲詠風月」為名將陸游第四次罷官。

主和派其實巴不得陸游只談風月莫談國事，但如果借著風月嘲詠國事就不行。年已六十五歲的放翁對此早有心理準備，第三次回到家鄉山陰閒居，將老宅題為「風月軒」，以自己喜愛的紹興東關古鎮為題，寫了首《東關》來吟風弄月：

天華寺西艇子橫，白蘋風細浪紋平。
移家只欲東關住，夜夜湖中看月生。

風平浪靜，夜月靜好，這首詩看起來倒是只談風月了。不過放翁實在忍不了多久，在紹熙二年的另一首《東關》中，又開始睡不著抒發心事：

煙水蒼茫西復東，扁舟又繫柳陰中。
三更酒醒殘燈在，臥聽蕭蕭雨打蓬。

忍到紹熙三年的初秋，天氣依然悶熱，年紀大了醒得早的陸游披衣拄杖走出小院，習慣性的向北眺望，心頭憤鬱難平，忍無可忍無須再忍，又寫出了妄議國事的《秋夜將曉出籬門迎涼有感》：

三萬里河東入海，五千仞岳上摩天。
遺民淚盡胡塵裡，南望王師又一年！

洶湧的黃河奔騰入海，雄偉的華山高聳摩天。可惜如此錦繡河山，就在自己剛出生時大片淪落於夷狄之手，到如今已經六十多年。父老鄉親翹首南望王師，淚水都快流乾，心情也要絕望了。

此詩對現實的深切關懷和對仗之工整完美，不輸於杜子美全盛之時；而使用誇張的大數位展現山川之雄渾開闊的技巧已臻化境，縱使李太白復生也無以過之。

重回傷心地，才見前妻三十七年前的回覆

閒來無事的放翁扶著拐杖信步而行，不經意間來到一處小園門前。抬頭一看，正是三十七年前再遇唐婉的沈園。自從那次在此地偶遇唐婉，隨即她又很快仙逝之後，沈園已成了陸游的傷心之地，再也不願意踏足一步，而今天不知道是不是心底的潛意識把他帶到這裡。

放翁看見有一位老人家在路邊賣酒，便詢問他此園現在的主人是誰。原來從紹興二十五年後，沈園已經三易其主。放翁一個人緩步踱進幽靜無人的小園，走到當年題詞的牆壁前，驀然發現在自己所題的《釵頭鳳》邊上，居然有人題了另外一首。他的心跳加速起來，

趕快用袖子拂去上面厚厚的一層灰塵，雖然筆畫已經殘缺不全，但熟悉的字體依然一望可知，正是唐婉的筆跡！陸游一遍一遍摩挲著前妻手寫的「怕人尋問，咽淚裝歡」，嘴唇顫抖，混濁的老淚不覺滾滾而下，悲從中來不可斷絕。

他在沈園呆呆的一直坐到紅日西斜，方才慢慢走回家中，寫下了一首七律《禹跡寺南有沈氏小園》：

楓葉初丹槲葉黄，河陽愁鬢怯新霜。
林亭感舊空回首，泉路憑誰說斷腸。
壞壁醉題塵漠漠，斷雲幽夢事茫茫。
年來妄念消除盡，回向禪龕一炷香。

胡未滅，鬢先秋，淚空流

這年的一個冬夜，狂風挾裹著暴雨不停的砸落屋頂，密集的噠噠聲逐漸化作千軍萬馬奔馳而過的鐵蹄轟鳴，伴著放翁逐漸進入夢鄉。第二天早上醒來，他立刻起身，將夢境中所見一氣呵成為一首七絕，便是最能反映其生平詩歌特點的《十一月四日風雨大作》：

僵臥孤村不自哀，尚思為國戍輪臺。
夜闌臥聽風吹雨，鐵馬冰河入夢來。

以陸游的名氣和皇帝對他才學的賞識，如果發表言論時稍微中庸克制一點，在繁華的京師混個清閒的高官養養老是毫無難度的。他正因為熱心於恢復中原才屢受排擠，不得不罷官閒居，混到「僵臥孤村」這麼淒涼的地步，居然還「不自哀」。

遇到這樣的狂風暴雨，一般人躲在房子裡都覺得可怕，也會為在這樣的惡劣天氣中，能待在溫暖的家中而感到慶幸。陸游卻寧肯自己此刻正在鐵馬冰河的北疆為國家守邊，現實中做不到，就只能到夢中去實現了。天下興亡匹夫有責，如果此詩出自年輕人，給人的感覺會是慷慨激昂熱血沸騰；而放翁因為對國家盡責而一生坎坷，此時已年近七旬，客觀上恐怕無力再承擔殺敵報國的義務，卻仍有「為國戍輪臺」之心志，怎能不令人肅然起敬？

陸游寫完這首七絕後，只覺意猶未盡，想起自己好久沒有填詞了，順手再作了一闋《訴衷情》：

當年萬里覓封侯，匹馬戍梁州。
關河夢斷何處？塵暗舊貂裘。

胡未滅，鬢先秋，淚空流。

此生誰料，心在天山，身老滄洲。

東漢班超班定遠投筆從戎萬里封侯，是有志於從軍報國讀書人的偶像。陸游當年在王炎帳下時，曾單人匹馬在古梁州的南鄭一帶勘察敵情，也參加過和金軍的小規模遭遇戰。「塵暗舊貂裘」用的是蘇秦的典故，他遊說秦王時「書十上而不行，黑貂之裘敝，黃金百斤盡，資用乏絕，去秦而歸」，比喻未得重用施展抱負。

句尾「滄州」容易被誤解為河北滄州，因為《水滸傳》裡，八十萬禁軍教頭林沖佩刀誤入白虎節堂後就是脊杖二十、刺配滄州，然後風雪山神廟、被逼上梁山，這個橋段實在是膾炙人口，以至於滄州成了我們耳熟能詳的地方。但此詞中的「滄州」指的卻是水濱之地，常為隱士所居之處，即是陸游所住的鑑湖之濱。

夢斷香消四十年，猶吊遺蹤一泫然

紹熙五年，六十七歲的太上皇趙昚駕崩。宋光宗趙惇多年來在著名妒婦李皇后的挑唆下，和父親的關係不好，此時也有了精神疾病，居然不肯為父親服喪。

這種駭人聽聞的不孝行為引起了全國上下一片譁然，一向操心國事的太學生們集體上街遊行請願，許多官員紛紛上書辭職，一場政治危機迫在眉睫。宗室大臣知樞密院事趙汝愚與外戚大臣知閤門事韓侂胄（按：侂胄音同托咒，為北宋名臣韓琦的曾孫）在太皇太后（宋高宗的吳皇后、韓侂胄的姨母）的支持下，聯手擁立光宗之子嘉王趙擴為帝（廟號寧宗），以既成事實逼光宗「內禪」，退位去當太上皇，次年改元「慶元」。這樣一來，南宋的前三位天子高宗、孝宗、光宗都是既當過皇帝，又當過皇帝他爹。

廟堂之上的風雲變幻，與此時處於江湖之遠的陸游沒有什麼關係。他在山陰鄉下閒居，沒事就去城裡走走，每次都忍不住要登上為紀念大禹所建的禹跡寺，以便從這裡眺望南面不遠的沈園全景。慶元五年，七十五歲的放翁寫出悼亡詩中的千古名篇《沈園二首》：

城上斜陽畫角哀，沈園非復舊池臺。
傷心橋下春波綠，曾是驚鴻照影來。

夢斷香消四十年，沈園柳老不吹綿。
此身行作稽山土，猶吊遺蹤一泫然。

以落日黃昏的蒼茫景色起興，聽到遠處軍營中，傳來高亢淒厲的畫角之聲，更添增悲涼之情。沈園還是這個沈園，但裡面的亭臺樓閣都不再是原來的建築了，早已因為破舊而經過翻新。池臺尚且如此，人何以堪？唯有園中那座小橋和橋下靜如鏡面的春水，仍是從前的樣子。

當年我曾從這蕩漾的水面中，瞥見唐婉美麗的倩影，輕盈的體態好似曹植《洛神賦》中那位「翩若驚鴻，婉若遊龍」的仙子。成語「驚鴻一瞥」就是從此句衍生出來。而今物是人非事事休，餘下的只有傷心而已。回首如夢往事，**唐婉的香消玉殞居然已經過去了漫長的四十多年**。

沈園的柳樹都老得不再有柳絮飄飛播種，正如我自己也衰殘得快要入土埋於會稽山了。但思念是一種很玄的東西，總讓我忍不住要來故地重遊，在憑弔她的遺蹤時泫然淚下。

讀著這兩首詩，彷彿看見放翁孤零零的蒼老身影，在斜陽下的沈園中獨自踟躕，隱藏一生的滿腹心事無人可以訴說。他有幸娶到心目中完美的女性唐婉，卻既無法抗拒生離，又無法戰勝死別。想想人生際遇和生老病死都如此令人無奈，而我們每個人都逃不過這種痛苦，怎能不使人黯然神傷？

放翁白天走得累了，晚上便與幼子陸子聿一起挑燈夜讀，樂在其中。這年他還寫了一首在他的作品中很少見的哲理詩《冬夜讀書示子聿》：

古人學問無遺力，少壯工夫老始成。
紙上得來終覺淺，絕知此事要躬行。

嘉泰二年的初春，陸游為他最愛的花卉一口氣寫下了組詩《梅花絕句》六首，其中有三首出現傳世名句：

聞道梅花坼曉風，雪堆遍滿四山中。
何方可化身千億？一樹梅花一放翁。

幽谷那堪更北枝，年年自分著花遲。
高標逸韻君知否，正是層冰積雪時。

雪虐風號愈凜然，花中氣節最高堅。
過時自會飄零去，恥向東君更乞憐。

每朵梅花都有它的妙處，放翁恨不得能化身千億，在世上的每一株梅樹前都有自己的分身去欣賞，一棵也不能少。陸游為什麼這麼愛梅花呢？因為它的氣節。有些梅花長在荒涼的幽谷中，還生在朝北的枝頭，環境差到極致，所以每年都是毫無懸念的最晚開花。

好比陸游自己，在朝中沒有過硬的後臺，還喜歡不合時宜的議論「恢復中原」，自然也是毫無懸念的不得重用。然而正是在這樣的環境中，才更顯出自己像梅花那種高標逸韻，恥於向司春之神東君去搖尾乞憐。

耄耋修史，七十七歲再出仕

就在這一年，朝廷詔令已被罷官近十三年的陸游入京，主持編修孝宗、光宗兩朝實錄，並免去上朝請安之禮。放翁曾經自嘲「平生詩句傳天下，白首還家自灌園」，但這種生活肯定不是他那熱望著為國建功的內心真正想要的，所以毫不猶豫的以七十七歲高齡第五次出仕。

此時韓侂冑在擊敗政敵趙汝愚和朱熹後大權獨攬，一心北伐中原，正欲拉攏四方名士作為羽翼，特別請楊萬里為自己新修的南園作一篇記，並許諾可以讓他進入中央權力部門擔任高官。但楊萬里性格剛硬，看不起韓侂冑這個外戚，寧可丟官也不作記。

韓侂冑碰壁之後，又去改請陸游。放翁的政治理想與韓侂冑一拍即合，當然鼎力支持，欣然為其寫了一篇《南園閱古泉記》。不得志的朱熹在陸游出仕時，曾經酸溜溜的評論：「其**能太高，跡太近**（和當權者走得太近），**恐為有力者所牽挽，不得全其晚節**。」後來朱熹的地位逐步提高，元朝人編寫的《宋史・陸游傳》居然引用了他的這段話，並加上一句「蓋有先見之明焉」來為放翁蓋棺論定，純屬忽略了放翁一生志向的顛倒黑白。

按照放翁此時的年齡，非常明顯已無力、也沒必要靠著依附權貴，來在官場上平步青雲，對韓侂胄的讚賞完全只是因為兩人志願相同。第二年四月，在國史編撰完成後，年近八旬的陸游即以寶章閣待制致仕，完成了他一生對國家的服務，回到家鄉山陰。

韓侂胄在這一年起用了另一位主戰派人士，出任紹興知府兼浙東安撫使，這位父母官立刻來陸家拜訪，他就是大名鼎鼎的辛棄疾。辛棄疾，字幼安，比陸游小十五歲。兩人志趣相投，酒逢知己千杯少，常常促膝長談直到深夜。辛棄疾揮金如土，見陸家房屋簡陋，多次提出幫忙修繕，都被放翁婉拒。

第二十七章

妙手寫詩九千首，
渾然天成三主題

嘉泰四年，韓侂胄打算為北伐做輿論準備，先追封岳飛為「鄂王」。此為岳飛所獲得的最高爵位，所以如今西湖岳廟中墓碑上就是「宋岳鄂王墓」五個字。辛棄疾奉召入朝，陸游作《送辛幼安殿撰造朝》贈別，內有「中原麟鳳爭自奮，殘虜犬羊何足嚇」之句，這是戰略上藐視敵人；又有「古來立事戒輕發」之句，這是戰術上重視敵人。總之，諄諄勉勵辛棄疾為國效命，協助韓侂胄早日實現北伐大計。

正義不缺席，但總是遲到

在開禧元年的某一天冬夜，陸游夢到自己回沈園，醒來後作了《十二月二日夜夢游沈氏園亭》兩首：

路近城南已怕行，沈家園裡更傷情。
香穿客袖梅花在，綠蘸寺橋春水生。

城南小陌又逢春，只見梅花不見人。
玉骨久成泉下土，墨痕猶鎖壁間塵。

此時的放翁年過八十，腿腳不便，已經很久沒去這個小園。但情之所在，即使走路到不了，也要依靠夢境來回憶從前那些漫步其中的片段，這就叫魂牽夢縈。第一句類似宋之問「近鄉情更怯」的心理，於矛盾糾結之中更顯出思念的深入骨髓、不可抑制。有時候筆者會猜想，陸游會對當年屈服於母親的命令離開唐婉，而感到悔恨嗎？還是因為那個時代的道德觀所限，認為自己的孝順並沒有錯，並沒有其他的出路，所以只是無可奈何？

開禧二年，宋寧宗將秦檜死時追贈的「申王」爵位又給追奪了，並將原來的美諡「忠獻」改為惡諡「謬醜」，在制詞中痛斥其罪：「一日縱敵，遂貽數世之憂；百年為墟，誰任諸人之責？」這是官方第一次在紅頭檔中正式責備秦檜，表明**終於接受了半個世紀以來民間早有的公論**。在岳飛與秦檜的公案中，正義雖然遲到，卻沒有缺席。在進行崇岳貶秦的輿論鋪墊後，寧宗下詔命韓侂冑主持出兵北伐。

然而當時很多人都能看出來，宋廷雖然政治準備充分，軍事準備卻嚴重不足。武學生華岳上書反對在此刻主動挑起戰事：「萬一國家首事倡謀，則將帥內睽，士卒外叛，肝腦萬民，血刃千里。此天數之不利於先舉也！將帥庸愚，軍民怨懟，馬政不講，騎士不熟，豪傑不出，英雄不收，饋糧不豐，形便不固，山寨不修，堡壘不設，吾雖帶甲百萬，饋餉千里，而師出無功，不戰自敗。此人事之不利於先舉也！」著名主戰派兵部侍郎（按：相當於國防部副部長）葉適也拒絕起草宣戰詔書，認為輕率北伐「至險至危」，應當「備成而後動，守定而後戰」，先加強江防。

但是已經被熱血沖昏頭的愛國中年韓侂胄，一句逆耳忠言也聽不進，只急著建功立業，他請當時最有名的大才子禮部侍郎兼直學士院李壁，起草了《討金檄文》以鼓舞士氣：「天道好還，蓋中國有必伸之理；人心助順，雖匹夫無不報之仇……兵出有名，師直為壯……西北二百州之豪傑，懷舊而願歸；東南七十載之遺黎，久鬱而思奮……言乎遠，言乎邇，孰無忠義之心？為人子，為人臣，當念祖宗之憤！」自從符離之敗後，陸游等待朝廷重新出兵恢復中原，已經望眼欲穿的期盼四十多年，一聽到消息自然欣喜若狂，立刻寫了一首《老馬行》，末四句為：

中原蝗旱胡運衰，王師北伐方傳詔。
一聞戰鼓意氣生，猶能為國平燕趙！

在開禧北伐的初始階段，先發制人的宋軍出師順利。但沒過多久，除了名將畢再遇（岳飛部將畢進之子）一路之外，餘軍皆敗。吳曦（高宗朝抗金大將吳璘之孫）在四川圖謀割據為蜀王，裡通金朝按兵不動。東線無憂的金軍遂兵分九路南下，前鋒直抵長江，宋廷大為震恐。

在此危急關頭，之前一直給韓侂胄北伐潑冷水的葉適，請求出任知建康府兼沿江制置使，親身擔任前線指揮官，以劣勢兵力堅守城池配以劫寨，屢屢重創氣焰正盛的敵軍，金兵不得不解圍後撤，戰局才得以穩定。他又在長江以北屯田築堡，招聚流民，鞏固住了江淮防線。時勢的進展證明了華岳和葉適很有先見之明。

愛國和報國都需要冷靜的頭腦和實幹的精神，而不是靠動一動筆或者敲幾下鍵盤，嘴砲噴幾句「殺光金狗」、「收復菲律賓省」、「炸沉東京」。放眼今日之網路，如韓侂胄般志大才疏之流何其多，如葉適輩智慧實幹之人何其少。縱然葉適、華岳復生，也照樣會被一眾愛國青年的口水淹死。

陸游創作第一主題：愛國

金國在戰爭中占據上風後，要求南宋交出首謀。開禧三年，史浩之子史彌遠在楊皇后支持下暗殺韓侂胄，派使者帶其頭顱送往金國，留下了南宋外交史上醜陋恥辱的一頁。第二年即嘉定元年，南宋與金國訂立「嘉定和議」：兩國疆界不變；南宋交納「犒師銀」三百萬兩給金國；增加歲幣和銀帛；南宋皇帝對金國皇帝的稱呼由以前的「叔」改為「伯」，從比親爹小一點兒升級為比親爹還大一點兒，屈辱性比之前的「隆興和議」更強烈了。史彌遠從此擅權二十六年，成為導致南宋衰弱直至滅亡的權奸，真是史浩的不肖之子。

在家鄉日盼夜盼捷報的陸游，等來的卻是韓侂胄被殺、史彌遠上臺、「嘉定和議」簽訂、北伐徹底失敗，聽到一個接一個壞消息，陸游不禁仰天長嘆、老淚縱橫。他知道自己來日無多，再也不可能熬得到下一次王師北進了。

人很多時候是靠希望活著的。這個希望一旦破滅，健康就會迅速惡化。八十四歲的陸游本來還算精神矍鑠（按：矍音同決，矍鑠，既老而強健），但就在嘉定元年開始急劇衰老。這一年春天，他由兒孫攙扶著最後一次遊了沈園，走到熟悉的葫蘆池畔，顫顫巍巍的口占一絕《沈園葫蘆池詩》：

可憐情種盡相思，千古傷心對此池。
滴下釵頭多少淚，沈家園裡草猶悲。

回到家後，又拿起紙筆，緩緩寫下一首《春遊》：

沈家園裡花如錦，半是當年識放翁。
也信美人終作土，不堪幽夢太匆匆。

越老越懷舊是人類的普遍感情。但陸游對唐婉的眷戀之深，如此的至死難忘，竟令人有喉頭窒息之感。此時他應該感覺到，自己很快也將隨唐婉而去了。嘉定二年秋天，在世上再無眷戀也再無盼望的陸游染病不起。拖到入冬後天氣越來越冷，病情逐日加重。十二月二十九日（正是岳飛的忌日），迴光返照的放翁硬撐著坐起身來，向家人要來紙筆，留下絕筆詩《示兒》：

死去元知萬事空，但悲不見九州同！
王師北定中原日，家祭無忘告乃翁。

陸游寫完此詩後將筆一擱，就此與世長辭，享年八十五歲。他在油盡燈枯前完成的最後一首詩歌，居然以其簡單樸素的詞語、濃烈深厚的情感，成為了他漫長生命中最膾炙人口的作品。

愛國，是他平生詩歌創作中的第一主題，所以在筆者看來，這首遺恨無窮的《示兒》作為絕筆是非常完美的。如果搞一個中國史上「愛國詩人」的排名，無論從作品的數量、品質還是從主題的聚焦度來說，放翁都能毫無疑義的高居第一。其他愛國詩人往往只是作為旁觀者謳歌沙場報國的英雄將士，而陸游的最大特點是他不但付出了實際行動，有從軍的親身經歷，而且終其一生強烈希望再次親身加入到這個危險的事業中去，這個區別使得他的詩歌具有強大的感染力。

梁啟超先生有詩《讀陸放翁集》，其中兩首如下：

辜負胸中十萬兵，百無聊賴以詩鳴。
誰憐愛國千行淚，說到胡塵意不平。
（放翁集中胡塵等字，凡數十見，蓋南渡之音也）

詩界千年靡靡風，兵魂消盡國魂空。
集中十九從軍樂，亙古男兒一放翁！
（中國詩家無不言從軍苦者，惟放翁則慕為國殤，至老不衰）

梁任公可算是放翁跨越千年的知音。陸游有名句「文章本天成，妙手偶得之」，看起來認為佳句非人力苦苦雕琢可得。但實際上他寫詩非常勤奮，**留存於世的有九千多首**，平均每三天就要作一首，論產量在詩人中排名第一——當然，前提是號稱寫詩四萬多首的乾隆皇帝不參加評選，因為那些「一片一片又一片」之類的東西基本不能算詩，即使硬要算的話也沒有任何價值，愛新覺羅・弘曆的詩你連一首都背不出來便是明證。陸游的詩歌主題總結起來也挺容易，不過三個詞：愛國、愛梅、愛唐婉。

楊萬里寫詩提點好友，太婉轉以致對方點不透

那位拒絕為韓侂冑南園作記的楊萬里，字廷秀，比陸游小兩歲，紹興二十四年進士榜群星之一。他在永州做零陵縣丞時，正好張浚被貶官在此地閒居，杜門謝客拒絕交遊。楊萬里久慕張浚的大名，三次前往拜謁，都未能得見，於是專門寫信懇求，並附上了自己的一首小詩《閒居初夏午睡起》：

梅子留酸軟齒牙，芭蕉分綠與窗紗。
日長睡起無情思，閒看兒童捉柳花。

錢鍾書先生評論此詩中的「留」字和「分」字，都「精緻而不費力」。張浚的詩詞鑑賞水準也很高，讀後點頭稱讚：「楊廷秀的胸襟通透！」方才同意見面。

楊萬里畢恭畢敬的拜見了這位主戰派前輩，張浚則用《禮記・大學》中的「欲修其身者先正其心，欲正其心者先誠其意」勉勵這位剛過而立的年輕人。楊萬里受教終身，將自己的書房命名為「誠齋」，所以世稱其為「誠齋先生」。格物、致知、誠意、正心、修身、齊家、治國、平天下，這就是儒家著名的人生理想鏈條。

楊萬里早年學習黃庭堅、陳師道的「江西詩派」，五十歲以後詩風轉變，語言活潑自

然、淺白流暢，自成一派，人稱「誠齋體」。中國小學課本上有他兩首這方面的代表作，均是清新鮮活，一首是《小池》：

泉眼無聲惜細流，樹陰照水愛晴柔。
小荷才露尖尖角，早有蜻蜓立上頭。

另一首是《宿新市徐公店》：

籬落疏疏一徑深，樹頭花落未成陰。
兒童急走追黃蝶，飛入菜花無處尋。

宋孝宗淳熙十五年，直閣祕書（按：負責為皇帝草擬文件）林子方被朝廷任命為福州知州，高高興興的準備去赴任。時任直閣少監（按：類似於皇帝的祕書長）、太子侍讀的楊萬里是林子方的頂頭上司兼好友，在送別時贈了他一首《曉出淨慈寺送林子方》：

畢竟西湖六月中，風光不與四時同。
接天蓮葉無窮碧，映日荷花別樣紅。

此詩的「無窮碧」與「別樣紅」色彩對比鮮明，彷彿一幅大紅大綠的美麗水彩畫。「接天」、「映日」則氣勢磅礡，居然將溫柔的荷花寫出了壯美的氣勢。這已經是老少咸宜第一流水準的景物詩，居然還藏有不為人知的暗喻。

古代詩歌中的「天」、「日」常常指代天子，原來楊萬里的官職很接近權力中心，知道這個外放對林子方的仕途弊大於利，所以在詩中婉轉的提醒他：去小城市當市長一把手固然風光，但留在朝廷中樞給皇帝當祕書積累資源則更快，成績更容易被認可，前途才是「別樣紅」啊。然而小林同志和很多語文老師一樣，根本沒有往其他方面想，只是讚不絕口：「好一首風景詩！」然後就興沖沖翻身上馬赴任去也，此後果然在史書中悄無聲息了。

一山放過一山攔，人生就是打怪過關

淳熙十六年，宋光宗即位。冬十二月，金國派遣「賀正旦使」來南宋賀歲，楊萬里被朝廷詔令負責迎送和陪伴金國使節，來到了兩國交界的淮河前線。此時宋金關係微妙，金國在戰場上占據優勢，使者的來意兼有禮節、修好、間諜、示威等多重目的，往往盛氣凌人。楊萬里是堅定的主戰派，朝廷安排他接這個活兒，大概是為了不至於卑躬屈膝、有辱國體，但他本人不得不和顏悅色的接待居高臨下的金使，肯定心情不佳。從都城一路北行，目睹滿目瘡痍、民不聊生的淒慘景象後，第一次到邊境線的楊萬里寫下了《初入淮河》：

船離洪澤岸頭沙，人到淮河意不佳。
何必桑乾方是遠，中流以北即天涯。

「桑乾」即「桑乾河」，是永定河的上游，原本是宋朝北境與契丹的邊界。北宋哲宗元祐五年，蘇轍出使契丹回國時作《渡桑乾》一詩，其中「胡人送客不忍去，久安和好依中原，年年相送桑乾上」之句，記錄了契丹人送他到邊境桑乾河邊，仍然依依不捨的場面，我們從中可以一瞥澶淵之盟後，宋遼兩國一百二十年兵革不興的友好和平交流圖景。

到了宋高宗時期，按照「紹興和議」所定的宋金分界南移到了淮河，其北面的廣大中原地區包括桑乾河流域，全部被金國占據。所以楊萬里詩中表達了強烈的憤懣：從前要到桑乾河才算邊境，如今淮河河道中心線以北，就是國家覆蓋不到的遙遠天涯了！

紹熙三年，楊萬里路經安徽松源，在群山環繞之間穿行，忽然心中一動，聯想到自己六十五年的人生路坎坷艱難，吟出一首《過松源晨炊漆公店》：

莫言下嶺便無難，賺得行人空喜歡。
正入萬山圈子裡，一山放過一山攔。

這首哲理詩告訴我們，人生就是打怪過關，但與遊戲不同的是，現實中遇到的困難永遠也不會結束。雖然各種雞湯總勉勵我們克服苦難後就是晴天，但事實往往卻是隨後將迎來更大的困難。**生活既然不能改變，我們就不必去期盼結果，可以苦中作樂的享受一下過程。**

陸楊之交，只問健康，不談政治

嘉泰二年，韓侂胄修好南園以後，首先邀請當時名望最高的誠齋先生為之作一篇記。但是在楊萬里看來，韓侂胄不過是一個借著雙重外戚身分竊權的富二代而已（本是宋高宗吳皇后的外甥，當權後又把自己的侄孫女嫁給寧宗當皇后），文不能安邦，武不能定國，所以很瞧不起他，當即堅決拒絕：「官可棄，記不可作也！」

《宋史·楊萬里傳》評論誠齋的性格剛烈偏激，由此可見一斑。位高權重的韓侂胄面子被削成這樣，雖然生氣但也沒有打擊報復，反而繼續為楊萬里加官晉爵，搞得誠齋也實在不好意思公開對韓相口誅筆伐。

韓侂胄不會在一棵樹上吊死，轉頭就去請了陸游，放翁則因為支持韓相的北伐理想而欣然從命。楊萬里對陸游聽從韓侂胄的召喚出仕、為之寫《南園記》這些事當然有點意見，放翁對此也心知肚明。在陸游為次子陸子龍到吉州為官所作的送行詩《送子龍赴吉州掾》中，很細心的叮囑他拜見楊萬里時的注意事項：

……

又若楊誠齋，清介世莫比，
一聞俗人言，三日歸洗耳。
汝但問起居，餘事勿掛齒。

……

意思是兒子你拜見楊叔叔時，就問候他身體好不好，其他世俗事情一句都別提，免得被看低了自討沒趣。這說明**放翁對楊萬里很敬重，但卻沒有那種志同道合的親密感**。嘉泰三年，陸游在《謝王子林判院惠詩編》中，給予了楊萬里更高、感覺上卻更疏遠的推崇：

文章有定價，議論有至公，我不如誠齋，此評天下同。

……

人言誠齋詩，浩然與俱東，字字若長城，梯衡何由攻？
我望已畏之，謹避不欲逢。一日來叩門，錦囊出幾空。
我欲與馳逐，未交力已窮。太息謂王子，諸人無此功。

……

在韓侂胄專權的十餘年間，楊萬里一直領著閒官的俸祿幽居家鄉不出。他認為韓侂胄在條件不成熟時就打算出兵北伐，完全是禍國殃民之舉，憂憤之下怏怏成疾。家人知道楊萬里擔心國事，收到有關時政的邸報都不敢告知，怕他情緒激動影響病情。

開禧二年，有個親族中的年輕人從外地回來，一不小心說出韓侂胄前幾天調兵遣將開始北伐，病重中的楊萬里一聽之下失聲慟哭，從床上硬撐起身體，要來紙筆寫下此言：「韓侂胄奸臣，專權無上，動兵殘民，謀危社稷，吾頭顱如許，報國無路，惟有孤憤！」又寫了幾個字告別妻子、兒女，擱筆而逝。幾個月後南宋兵敗，再簽《嘉定和議》，果然是辱國喪師，不出楊萬里所料，哀哉。

第二十八章

范成大萬里孤臣不怕死，膽識折服金人

前文提到那位勸陸游為東坡詩作注的范成大，字致能，正好出生於苦難的靖康元年，比楊萬里大一歲，比陸游小一歲，乃是紹興二十四年進士榜群星中的一位。

他與范仲淹同為吳縣（今江蘇蘇州）人，據說是范文正公的族孫，那麼應該也是春秋時越國名臣范蠡的後裔。他母親蔡氏夫人的祖父是書法家蔡襄，外祖父是名相文彥博，這個家世充滿濃烈的文藝氣息。可惜范成大年少時便父母雙亡，所以家境貧寒，上無片瓦，下無立錐之地，只能和他的著名族祖范仲淹一樣，寄居在寺院中讀書，十年後才去應試，金榜題名從而走上仕途。

皇帝指派要命任務——請準備當蘇武

宋孝宗在符離之敗後與金國簽訂的「隆興和議」，比起原來的「紹興和議」條件要稍微寬鬆些，除了卑躬屈膝的「歲貢」改稱為聽起來不那麼屈辱的「歲幣」，而且數量也打八折之外，金國與南宋不再以上下級的君臣相稱，而是改為親戚範疇的「叔侄」關係。

但不知是忘了還是其他原因，兩國沒有商定修改接受國書的禮儀，導致每次金國使節送來國書時，宋孝宗還是不得不依照從前的協議起立迎接，這是臣子之禮。自尊心很強的孝宗對此視為奇恥大辱，一直十分後悔。

乾道六年，孝宗升范成大為負責記錄皇帝言行的起居郎、資政殿大學士，讓他擔任按：宋朝臨時辦理事務的一般使節）」去金國遞交國書，在國書中要求對方歸還河南安葬著北宋歷代帝王的陵寢之地，並口頭提出要求，改變南宋皇帝必須站立接受金國國書的禮儀。史書只記載了孝宗是這樣做的，沒解釋他為什麼這樣做。

筆者猜想可能是他實在不好意思在沒什麼特別由頭的情況下，專門派人去對於兩國正式和議上約定的禮節提出反悔，所以就搞了一個「歸還陵寢之地」的孝道，要求寫在國書上，然後讓范成大口頭提出關於受書禮儀的更改，這樣萬一金國大發雷霆談崩，還可以各種抵賴，不至於被對方抓住太大的把柄。

但在宋金外交史上，一般只有在賀正旦、賀生辰、賀新主登基、告喪這等大事才派遣使節。現在南宋在啥事都沒發生的情況下，突然派遣一個泛使去提出土地要求，那在對方看來就是赤裸裸的挑事啊。雖然你在國書中很客氣的說，我方出於孝道的考慮請求歸還陵寢所在地，但對方當然看得出你是在要求土地。更可氣的是，原來你真正關注的是想修改事關兩國尊卑關係的受書禮儀，還故意沒寫在國書上，你這到底是想幹什麼？

本就處於強勢一方的金國出於維護尊嚴的考慮，對此勢必會反應強烈，使者要嘛被一刀砍了，要嘛被一扣多少年別想回來，總之凶多吉少。宰相陳俊卿、吏部侍郎陳良祐都因反對遣使而罷官。臨行之前，孝宗問范成大：「朕以卿氣宇不凡，親自指定為使節。聽說現在輿論紛擾，使團的人都不敢去，有這回事嗎？」

范成大答道：「我國這次的要求，在外交上屬於挑釁，基本上不是扣留就是殺頭。但臣已經安排好繼承人處理家事，**做了回不來的準備**，所以沒什麼掛慮的。」

孝宗頗為內疚，溫言說：「朕不會毀約發兵，絕不至於害卿！至於卿被金國扣留虐待，像蘇武一樣餓了吃毛毯、渴了喝冰雪，那按道理倒是很可能發生的。」范成大便向孝宗請求將更改受書禮節的要求寫入國書之中，但孝宗搖頭不許。范成大見孝宗心意已決，心想那就為皇帝分憂吧，慨然上馬而行。

過去的發達城市，只剩黃沙如雨

金國派來接待范成大的「伴使」仰慕他的大名，見面之後把自己的頭巾都改成了與致能同款的。一行人迤邐北上，首先抵達汴梁。這座城市本是北宋舊都，在范成大出生後不久就淪陷，如今是金國的南京開封府。我們從北宋畫家張擇端的名作《清明上河圖》可以看出來，當年的汴京是何等興盛，那是全世界最繁華的大都會，如今是什麼光景呢？請看范成大寫下的紀實詩作《市街》：

梳行訛雜馬行殘，藥市蕭騷土市寒。
惆悵軟紅佳麗地，黃沙如雨撲征鞍。

北宋商業發達，各行各業都分別集中在汴京城內一定的街道，管理得井井有條。但當年熙攘熱鬧的梳行、馬行、藥市、土市，如今在金國治理下既混雜又殘破蕭條。昔日燈紅酒綠的煙花樓臺，如今卻是黃沙如雨撲向行人馬隊，說明城市周圍的綠化也被破壞，而導致了沙塵暴。這不僅是北宋皇朝的悲劇，也是人類文明史上的一場浩劫。

馬隊經過城內橫跨汴水之上的天漢橋（又名州橋），橋南橋北分別是朱雀門和宣德門。這裡靠近北宋皇宮，是皇帝出行時車駕必經的御道，所以當年非常興旺。

在《水滸傳》中，青面獸楊志花完盤纏之後，就是在州橋街市之中叫賣他的家傳寶刀，遇到潑皮牛二，然後一時激情殺人而發配大名府，這才有了護送生辰綱遭劫，晁天王等七星聚義上梁山。范成大當然不會想到那麼遠，他的《州橋》一詩反映的是遺民的痛苦：

州橋南北是天街，父老年年等駕回。
忍淚失聲詢使者，幾時真有六軍來？

父老們年年在這天街之上等著皇帝的車駕回來。如今看到宋朝衣冠的使者，趕緊忍住眼淚低聲詢問：「什麼時候才能真有朝廷的大軍來啊？」這個「真」字顯示出他們曾經聽到過多次這類傳言，但最後都失望了。為什麼父老們之前誤信那些傳言呢？因為他們心裡願意相信。現在**距離靖康之變剛剛過去四十年**，還有老一輩的人盼望王師。范成大看著那些父老期盼的眼神，也注意到他們身邊那些**長著漢人面孔，卻說著女真語言的年輕人**漠然的目光，心中突然一動，想到了晚唐詩人司空圖那首《河湟有感》：

一自蕭關起戰塵，河湟隔斷異鄉春。
漢兒盡作胡兒語，卻向城頭罵漢人。

蕭關（位於今寧夏）是關中四關的北面雄關，盛唐詩人王維在《使至塞上》寫道：「大漠孤煙直，長河落日圓。蕭關逢候騎，都護在燕然」，那時大唐的疆域遠在漠北，蕭關護衛的是後方關中大本營。但是安史之亂後，來自青藏高原的吐蕃趁著唐朝虛弱，攻占了富庶的河湟地區（今甘肅、青海兩省的黃河以西）。

《舊五代史》記錄，「吐蕃乘虛取河西、隴右，華人百萬皆陷於吐蕃」。當時吐蕃處在奴隸社會，經濟、文化各方面都很落後，卻在河湟地區強制實行吐蕃化政策，淪陷區的漢人被迫塗面紋身，改穿吐蕃衣服、改說吐蕃語言。

到了司空圖路過此地時，黃河和其支流湟水隔斷此地漢人與故國的聯繫，已有一百多年，只見這些漢人的後代與吐蕃人雜居，說的都是吐蕃語言，早就不知自己的母語，也不知道自己的民族歷史，反將漢人當作敵人，用吐蕃語來辱罵自己的同胞。司空圖目睹這種情景，痛心疾首可想而知。

范成大走在淪陷於金國的故土上，當然也有同樣的擔心：再過幾十年，這些曾經在宋朝生活過的老一代遺民盡皆作古，而新一代人都是在金國統治下出生的，人心自然不再思念故國，甚至以故國為敵國，怎能不叫人痛苦絕望？陸游、辛棄疾等人為什麼急迫的鼓吹恢復中原？那確是有「時不我待」的客觀原因。

不畏金國群臣狂毆，范成大全節而歸

范成大一路北行，抵達金國的中都大興府（今北京市）。**在休息等待的會同館中，致能寫好一份書信，論述如何修改接受國書的禮儀**，然後將它藏在身上。

當正式朝見金世宗時，范成大先遞交請求歸還河南陵寢之地的國書，並且來了一通慷慨激昂的解說。金國君臣正在聚精會神的傾聽，致能突然道：「貴我兩國既然親為叔侄，接受國書的禮儀卻未般配，外臣這裡另有書信上達。」一邊說著，一邊迅速掏出書信遞上。

金國君臣被他的突然襲擊嚇了一大跳。宣徽使韓鋼大怒：「按照外交禮儀，如果你有什麼國書之外的私下請求，應當通過伴使轉達。此處難道是獻這種書信的地方嗎？從來沒有使臣敢這麼做！」范成大答言：「如果這封書信不能交給貴國，外臣回去也是死罪，那寧可死於此殿！」金世宗厲聲道：「叫他拜完就走！」

韓鋼上前用手中的朝笏力壓范成大下拜，致能用力保持著躬身遞上書信的姿勢：「此奏得達，當下殿百拜！」憤怒的金國**群臣一擁而上，用笏板擊打范成大**，想迫使他放棄，但致能紋絲不動。金世宗不得已宣詔：「讓他回驛館，等著交給伴使吧。」范成大這才意氣昂昂的下殿去了。

散朝以後，范成大回到會同館等待金國方面的消息。負責守衛的金國小吏對他很是欽佩，悄聲透個信：「聽說朝廷上有很多大臣議論，要把您扣留下來呢。」致能想起臨行前孝宗對自己所說的那一番話，提筆寫下了「使金七十二絕句」的最末一首《會同館》：

萬里孤臣致命秋，此身何止一漚浮。
提攜漢節同生死，休問羝羊解乳不！

我肩負皇帝的使命，孤身一人來到萬里之外的金廷，本來就沒有打算能活著回去，把性命看得輕於一個小水泡。當年漢朝蘇武出使匈奴，在武力威逼下堅不投降，無可奈何的單于只能將他扣留在北海苦寒之地去放羊，說是等公羊產奶了再放他回國。如今我以蘇武為榜樣，與所持的節杖同生共死，你們都不必再討論公羊產奶這種不科學的事情了。

等到金世宗派伴使來會同館宣旨時，范成大繼續下跪進獻書信。這下搞得金國朝廷一片譁然，太子完顏允恭主張殺掉這個倔強的來使以示威，越王完顏允功則力阻之。

韓鋼告訴范成大：「先生今天早上在殿上的行為很是忠誠勤懇，我國皇上在背後甚為嘉獎讚嘆，認為可以作貴我兩國的臣子的表率和激勵。」最終范成大保全氣節、全身而歸，令金人也暗自欽佩。

金世宗復書宋廷：只同意歸還宋欽宗的梓宮；陵寢所在之地是想都不用想的，如果你們實在孝思深重，我們可以派三十萬兵馬幫你們把祖墳遷到江南來；並且提到范成大「想更改受書的禮儀，要脅我方必須聽從」。孝宗這才知道范成大在金國的囂張行為。

六年後，還沒有死心的孝宗又派司諫湯邦彥出使金國，繼續要求歸還河南陵寢之地。這次金廷在進殿之前的道路兩旁布滿了長刀出鞘的武士，湯邦彥被兩排利刃的寒光嚇得心膽俱裂，見到金世宗時只是唯唯諾諾，一句話也沒敢提，歸國後就因有辱使命而被流放嶺南。不怕不識貨，就怕貨比貨，經過湯邦彥的這番對比，范成大的忠心和膽識益發大放光芒，隨後穩步升遷，直至拜相。從此以後，宋孝宗再也沒有向金國提出有關領土方面的要求。

心疼農民，豐收年也被官吏剝削光

淳熙十年，五十六歲的范成大因病致仕，回到故鄉蘇州，在石湖畔安度晚年，所以號稱「石湖居士」。他在此期間的名作是《四時田園雜興》組詩共六十首，其中頗有令人印象深刻之作，比如《夏日田園雜興》之中的：

梅子金黃杏子肥，麥花雪白菜花稀。
日長籬落無人過，唯有蜻蜓蛺蝶飛。

每當筆者想到「悠長夏日」，腦海中浮現的就是這首詩後面兩句描繪的圖景，實在佩服范成大是如何抓住了夏天這樣一個平凡而又共通的圖景，並將其表現得撥動人心。《夏日田園雜興》中還有一首同樣是被收入中國小學教材的：

晝出耘田夜績麻，村莊兒女各當家。
童孫未解供耕織，也傍桑陰學種瓜。

小孩子還不會耕耘農田、不會搓麻織布，但是在父母辛勤勞動的耳濡目染之下，也在桑樹蔭下學著種瓜玩。這幅農家樂的畫面，彷彿能聽得到稚嫩的笑語、嗅得到泥土的氣息，充滿了童趣和野趣。筆者最早學到的一首名段，則來自於《秋日田園雜興》中：

新築場泥鏡面平，家家打稻趁霜晴。
笑歌聲裡輕雷動，一夜連枷響到明。

這個「連枷」，並不是大家在古代戰爭影片或者遊戲中，看到的作為雙截棍前身的那種鏈式武器，而是一種由竹柄和敲杆組成的農具，可以用它來大面積敲打成熟穀物以脫粒。村裡每家人之所以能夠勞碌一夜還笑語歡歌，是出於豐收的喜悅。對於勤勞的農民來說，盡了一年的辛苦和汗水來耕耘，卻仍然充滿各種靠天吃飯的風險。在「笑歌聲裡」這首之前，范成大剛剛寫道：

垂成穡事苦艱難，忌雨嫌風更怯寒。
箋訴天公休掠剩，半償私債半輸官。

即使今年僥倖風調雨順，但穀賤傷農，勞作一年盼來好收成的農民又會有「多收了三五斗（按：出自中國作家葉聖陶的《多收了三五斗》，主要講述農民在豐收年反而受到比往年更悲慘的厄運）揭示在舊中國的壓迫下，農村急遽破產」的痛苦。所以在「笑歌聲裡」之後緊接著的一首就是：

租船滿載候開倉，粒粒如珠白似霜。
不惜兩鍾輸一斛，尚贏糠核飽兒郎。

南宋的農業稅賦有多重呢？古代的「一鍾」一直是六斛四斗，但「一斛」等於幾斗是有過變化的，在范成大的時代一斛是十斗。這樣算起來，「兩鍾輸一斛」就是每收入一百二十八斗交稅十斗，稅率不到八%。但是再加上各級官吏層層加碼的苛捐雜稅，結果就是「半輸官」。接下來還要償還過去一年內的各種借債，所剩也就無幾，能留下些糠皮讓孩子們吃飽，大人們自己可能還吃不飽。

一千多年後的今天，中國的農業稅為零，看來底層已經沒有什麼被剝削的價值。城市裡的人力資源經理都知道，如果企業每個月為一個員工支付一萬五千元的用工成本，員工本人能夠拿到手的大概也就一半，這個留存比例和南宋的農民差不多。但這些都不是地方官員自己私加的苛捐雜稅，而是全國統一法律規定的名正言順的稅賦，說明時代……進步了。

范成大的《四時田園雜興》既生動白描農村景物風光，又有農民辛勞艱苦的忠實紀錄，對這些在自己身邊生活的人飽含了真切的同情，內容豐富而感情深沉，不僅僅是士大夫那種恬淡悠閒輕飄飄的田園牧歌而已，所以錢鍾書先生評論「**算得中國古代田園詩的集大成**」。

唐朝離別詩雄渾，宋代離別詩留戀悵惘

陸游、范成大、楊萬里三人的年齡接近，依序相差只一歲，相互之間都有著深厚的友誼。當年范成大從四川制置使離任返京時，**陸游一路送了十幾天仍然不忍相別**，一直從成都

送到青神，致能在《次韻陸務觀慈姥岩酌別》中寫道：「送我彌句未忍回，可憐蕭索把離杯」，足見交情之重。

楊萬里為人狂傲自負一根筋，對陸游與韓侂胄的關係冷嘲熱諷，搞得放翁心裡對他又敬又怕。但楊萬里也有佩服的人，就是范成大，他在詩中說自己是「一生狂殺老猶狂，只炷先生一瓣香」，推崇之情溢於言表。范成大致仕返鄉後，楊萬里曾到蘇州看望。兩人一同泛舟石湖，詩酒酬唱，其樂融融。臨別之日，致能留下江南春景送別詩《橫塘》：

南浦春來綠一川，石橋朱塔兩依然。
年年送客橫塘路，細雨垂楊繫畫船。

如果拿這首送別宋詩與最著名的送別唐詩之一——高適的《別董大》，那番「北風吹雁雪紛紛」的景色做個對比，就能非常鮮明的體現出唐宋的風格差異：一個大漠蒼茫雄渾剛健，情感是悲傷而不掩豪邁；一個煙雨楊柳氣候宜人，情感是留戀直至悵惘。范成大非常珍惜這幾位人生難得的知己。在他的《車遙遙篇》裡，用星月之輝來形容這群人中龍鳳之間的友情光芒：

車遙遙，馬憧憧。
君遊東山東復東，安得奮飛逐西風。
願我如星君如月，夜夜流光相皎潔。
月暫晦，星常明。
留明待月復，三五共盈盈。

第二十九章

朱熹害人，嚴蕊險慘死，
朱淑真嫁人淚溼春衫袖

紹熙四年，六十八歲的范成大病逝於家鄉。陸游聞訊大慟，提筆一字字寫下輓辭：「**孤拙知心少，平生僅數公**。凋零遂無幾，遲暮與誰同……。」日有所思夜有所夢，放翁夢到自己當年送別致能的情景，老淚橫流，又起身寫了一首《夢范參政》：

……

速死從公尚何撼，眼中寧復見此傑？
青燈耿耿山雨寒，援筆詩成心欲裂！

遺恨毫無，風采震羌胡

范成大臨終前命兒子范莘，帶著自己的詩文總集去見楊萬里，請他為之作序。楊廷秀遵其遺願，洋洋灑灑的作了一篇《石湖先生大資參政范公文集序》，其中生動的描繪范成大出使金廷那段氣節高亢、堪稱人生亮點的外交戰：「初，公以文學材氣受知壽皇（宋孝宗），自致大用。至仗漢節使強虜，即其庭伏穹廬不肯起，袖出私書切責之，君臣大驚。」

在末尾再次同時秀出了極度自信和對范成大的極度欽佩：「今四海之內，詩人不過三四，而公皆過之而無不及者。予於詩，豈敢以千里畏人者？而於公獨斂衽焉。嘻，人琴今俱亡矣！」要知道在這個時期，陸游、范成大、楊萬里、尤袤（按：音同冒）、朱熹、葉紹翁、辛棄疾、姜夔等人同時生活在世上，就算楊萬里可能將辛棄疾和姜夔歸為詞人，而不是詩人，那麼至少可以說朱熹和葉紹翁在他眼中也算不上詩人。按這個標準，當代中國還有人敢自稱詩人嗎？

「以千里畏人」是一個典故，孟子當年晉見齊宣王時說：「臣聞七十里為政於天下者，湯是也。未聞以千里畏人者也。」就是成湯以七十里小國都能成就商朝的王業，沒聽說千里大國還需要畏懼別人的。楊萬里的意思是，在作詩這個方面，不才我就是千里大國，誰也不懼；但是獨獨面對范成大時得整理衣襟，恭恭敬敬。這是一個驕傲的謙虛，或者說是一個謙虛的驕傲。

「人琴俱亡」則來自於《世說新語》中的著名悼亡故事。王羲之生有七個兒子，其中老五王徽之（字子猷）與老七王獻之（字子敬）兩人的感情最為深厚。

西元三八六年，就是《天龍八部》中的絕頂高手慕容復，其大名鼎鼎的祖先慕容垂稱帝那一年，四十八歲的王徽之與小他六歲的王獻之同時病入膏肓。子猷有幾天沒聽到七弟的消息，便問左右：「這些天你們怎麼沒有提到子敬呢？那就是已經亡故了。」他心裡明白，要嘛是王獻之家人不敢來報喪，要嘛是自己家人不敢轉告，怕自己病中受不了這個痛苦。

王徽之隨即令家人安排轎子去王獻之家奔喪，面容冷靜平淡，也沒有流下一滴淚水。到了王獻之家，王徽之一言不發，徑直走到靈床上一坐，取下子敬平時最愛的那把古琴彈起來，但是弦音不準，完全奏不成調。子猷將琴往地上一拋，長嘆一聲道：「子敬，子敬，人琴俱亡！」這才哭出第一聲，結果一發便不可收拾，直哭得天昏地暗日月無光。

過了一個多月，王徽之也病重而亡。楊萬里用此典故來表達看見范成大遺稿，不禁睹物思人，深悲於世上知音難再得之痛。

范成大和他的族祖范仲淹一樣，在人品口碑上幾乎沒有什麼瑕疵。姜夔在詩中稱讚他「百年無此老」，那就是不但橫掃當世，而且至少三代人中才能出這麼一位。陸游則用一個無其他人能當得起的評價，為范成大做了蓋棺論定：「**勛勞光竹帛，風采震羌胡**……知公仙去日，遺恨一毫無。」一個人能夠在去世的時候沒有一絲遺恨，我們不妨試想，這是種什麼樣的彪悍人生？

（假）道學路上順便當個詩人

同時期還有一位與范成大同樣彪悍的大佬，也同樣是陸游和楊萬里的好友，就是著名理學家朱熹。朱熹，字元晦，比范成大小四歲，其理學思想在後來地位很高，是元明清三代的官方哲學。

他四歲時，父親指著太陽做啟蒙教育：「此日也。」當年你我的父親也這麼教來著，你我聽話的點點頭表示明白，然後就沒有然後了。但小朱熹要比我們多問一句：「日，何所附？」看見懸在空中的太陽，就會思考它是附著在什麼上面才能不掉下來呢。父親心想孺子可教，給出了當時人的標準答案：「附於天。」沒想到小傢伙緊接著又追問道：「天，何所附？」這下問得父親張口結舌。只要你**遇事多問幾層「是什麼」、「為什麼」，一般問個六、七句，就可以成為哲學家**。小朱熹在此展現了潛質，後來果然成為了一位推崇「格物致知」的哲學家。

錢鍾書先生在《宋詩選注》裡稱朱熹的老師劉子翬（按：音同輝）是「詩人裡的一位道學家」，而稱朱熹「算得道學家中間的大詩人」。有些詩評就引這兩句話，看起來好像朱熹寫詩更強。但如果聯繫上下文，就能看出錢老的意思其實正好相反：劉子翬本質上已經是詩人，不過身兼道學家；而朱熹本質上還是道學家，不過是「在道學家裡充個詩人」。所以錢老選了劉子翬的詩，卻沒有選朱熹的詩。宋朝的道學家多是詩人，比如被稱為「理學開宗」的李覯（按：音同夠），是南唐烈祖李昪（按：音同變）的後人、曾鞏的老師，就有名作《鄉思》：

人言落日是天涯，望極天涯不見家。
已恨碧山相阻隔，碧山還被暮雲遮。

這個層層推進的巧妙寫法，和李商隱的「劉郎已恨蓬山遠，更隔蓬山一萬重」乃是源出一脈，藝術水準相當高超。與周敦頤、張載、程顥、程頤並稱「北宋五子」的邵雍有一首樸實淡雅的《山村詠懷》：

一去二三里，煙村四五家。
亭臺六七座，八九十枝花。

此詩因其從一到十的數字趣味性，而被收錄在中國小學一年級的課本中。朱熹則另闢蹊徑，充分發揮理學家的優勢，將詩歌中的一個門派發揚到了極致，比如下面這首大家耳熟能詳的作品：

半畝方塘一鑑開，天光雲影共徘徊。
問渠哪得清如許？為有源頭活水來。

一片清澈而深邃的池塘，如同明鏡般倒映出美麗的藍天白雲，連雲朵的緩緩移動都用「徘徊」生動的表現出來。你問我怎麼知道方塘深邃？因為水淺的話，就映不出天光雲影。此詩在景物詩中已經屬於一流，但居然還不屬於景物詩，因為真正想表達的並不是風景。看題目《觀書有感》就能知道，人家是在總結讀書心得。方塘為什麼這麼清？因為從源頭有活水不停注入，而不是死水一潭。比喻人只有不斷學習新的知識，才能保持心的清明透澈。這個「渠」字的意思是第三人稱「它」，是說這水塘很清澈，而不是突然另說還有條水渠非常清澈。

朱熹發揚的這個門派就是哲理詩，他身兼哲學家和詩人的雙重身分，寫起哲理詩來自然是登峰造極，超越了蘇軾的「不識廬山真面目」和楊萬里的「一山放過一山攔」，成為該派的掌門人。但如果只有一首代表作，想當一派掌門還是鎮不住檯面的。就像丐幫幫主不能只會一樣絕技，至少得同時掌握打狗棒法和降龍十八掌（郭靖黃蓉夫妻分頭掌握的也算），所以朱熹又拿出了一首《春日》：

勝日尋芳泗水濱，無邊光景一時新。
等閒識得東風面，萬紫千紅總是春。

此詩從字面上看起來是在寫自己的春遊觀感，但你應該能想到事情不會這麼簡單。泗水位於山東曲阜一帶，那裡在朱熹出生時（南宋建炎四年）早已被金國侵占，而他一生未曾有出使金國的紀錄，怎麼可能在泗水之濱遊春吟詩呢？有人猜想在朱熹生活的地方另有一條也叫「泗水」的小河，但是並無過硬的證據支持這個說法。

另有很多注釋者認為，朱熹是用泗水指代與此地關係最深的孔子一門，因為當年孔子在泗水一帶講學，帶著弟子在泗水之濱遊春，死後葬在泗水之上。孔子還曾經在泗水川上曰過「逝者如斯夫，不舍晝夜」。「東風」乃是「有教無類」輕拂萬物的聖人之道，「萬紫千紅」則描繪了此道培育出的豐碩成果，那就是孔門弟子三千、賢人七十二。所以，這居然是一首熱情謳歌聖人之道的哲理詩，是不是讓你大跌眼鏡？

朱熹為人，不留餘地

與一般想像不同，**朱熹推崇的聖人之道並不是溫良恭儉讓**，而是頗有孔子誅少正卯（按：據說孔子因三千弟子多次被魯國大夫少正卯吸引走，所以在孔攝魯相後，七日諸殺少正卯。也有一說是少正卯有五惡，所以孔子殺之。不論哪個原因，後世對於此事件的真實性提出質疑）的殺伐決斷之風。

宋光宗紹熙五年時，湖南猺民揭竿造反，朱熹被任命為潭州（今湖南長沙）知州去鎮撫當地。有天他突然接到一封來自京師的密信，原來是好友知樞密院事趙汝愚，第一時間告訴他發生了驚天動地的大事：「已立嘉王為今上，當首以經筵召公。」意即光宗皇帝已經將皇位禪讓給兒子嘉王（寧宗），當今天子馬上就要召您入京擔任御前講席，隨後定當重用。

朱熹當然明白這對自己意味著什麼，心頭一陣大喜。但他馬上想起一件重要的事情，便將密信藏入袖中，對身邊的人也絕口不提這個喜訊，徑直到監獄中點出十八名囚犯立即斬首。死刑剛執行完畢，新皇登基大赦天下的詔令就送到了知州衙門，然並卵（然而並沒有什麼卵用）。

也許朱熹這麼做是為了讓那些囚犯罪有應得，免得他們出獄再危害社會，好比胡林翼將軍安慰曾國藩的那句「用霹靂手段，顯菩薩心腸」。**但這並不是朱熹唯一一次心狠手辣**，更著名的是他摧殘女詞人嚴蕊的故事。

假道學之名，迫害名妓

嚴蕊原名周幼芳，出身寒微，淪為台州官妓後改藝名為嚴蕊。她自小習得歌舞絲竹、琴棋書畫，長大後又熟知史書，長於寫詞、能言會道，色藝冠絕一時，芳名傳遍四方，有不遠千里而登門欲得一見者。

按照宋朝的制度，官員如果有酒席招待，可以召下屬官妓來歌舞陪酒，但不許私侍寢席，違者嚴處。所以雖然台州知州唐仲友（字與政）十分欣賞嚴蕊，也不敢越此界限，只是每到良辰佳節或者宴請賓客時，必定召她來侍酒。

某個桃花盛開的春日，唐仲友設宴邀請了許多名人雅士賦詩繪畫，嚴蕊也在席間陪侍。唐大人有意讓嚴蕊在眾人面前一展才華，便指著一樹分紅白雙色的桃花，令她以此為題填詞一首。嚴蕊略略思索，揮筆而成一闋《如夢令》：

道是梨花不是，道是杏花不是。
白白與紅紅，別是東風情味。
曾記，曾記，人在武陵微醉。

這一樹繁花，白色的像梨花但似是而非，紅色的像杏花也似是而非，那到底是什麼花兒呢？北宋理學家邵雍曾有「疑是蕊宮雙姐妹，一時攜手嫁東風」之句詠雙色桃花，嚴蕊遂先借「東風」一詞暗示答案。末句再用武陵桃花源的典故，將境界更推高一層。席上眾人見此詞構思精巧、用典切題，無不讚嘆。唐仲友大喜，立賞嚴蕊絹帛兩匹。

席間有一位名士陳亮，與唐仲友乃是金華同鄉，見唐大人今日興致很高，趕緊低聲相求一事。原來他與另一位官妓相好，想請唐大人為她脫了妓籍，這樣自己才能將她娶走。唐仲友像很多人一樣，喝酒的時候什麼事都好說，當場就一拍胸脯答應了。

第二天那位官妓便來求見，想辦脫籍之事。唐仲友已然酒醒，想起自己不大看得起朱熹的理學，而陳亮則是朱熹的好友，與自己素來互不相讓。這傢伙昨天居然趁我酒喝多了來相求，而我也真喝多了，居然還答應他，真是後悔不迭。

唐大人看著跪在下面的女子問道：「妳想脫籍跟從陳官人而去嗎？」女子點頭：「多謝大人成全。」唐仲友冷笑一聲：「那妳得做好忍飢受凍的準備嘍。」那女子心裡一驚：「陳官人平素揮金如土，我想他定是家財萬貫，方才願意脫籍跟他。聽知府大人此言的意思，難道他就是個空架子來哄我的？」聯想到平時的一些細節，竟然越想越氣，也不求脫籍之事了，徑直告辭而退。

她剛到家，陳亮就興沖沖的跑來問今天唐大人是否已經把事情辦妥。女子閃爍其詞不予答覆，也不像平時那樣婉轉奉承陳亮，反而開始旁敲側擊的對他進行起資產狀況調查。陳亮既窘且憤，拂袖而去。出了門一分析，估計女子的這個大轉變八成是被唐仲友挑唆的，不由得越想越氣，一番盤算之後，便急忙去見朱熹。

原來那一年浙東饑荒，朱熹因之前在江西救災有方，被宰相王淮薦為提舉浙東常平茶鹽公事，巡按各州縣，職級在唐仲友之上。陳亮見了老友朱熹，寒暄已畢便故意說：「我剛從台州來，那邊饑荒甚重。」朱熹從鼻孔裡哼了一聲，問道：「台州知州唐大人最近有什麼高論？」陳亮正等著這句問話呢，馬上回答：「唐大人說您連字都沒識得幾個，怎麼能當浙東提舉。」

朱熹聽後大怒，立即啟程直奔台州，由頭是要「巡查冤獄」。在路上便飛章彈劾「知台州唐仲友催督稅租，急於星火，民不聊生」。唐仲友聽說朱熹星夜到了台州，被搞得措手不及出迎稍慢。朱熹認為他輕慢自己，益加惱怒，第二天即命手下去城內打聽唐仲友的政聲，不要聽成績，只要聽劣跡。功夫不負有心人，果然有人來報：「聽聞唐大人對官妓嚴蕊甚是喜愛。」朱熹大喜，連上幾道奏章彈劾唐仲友，罪名之一便是違規與官妓有染。唐仲友聞訊，也上奏辯解反擊，兩人「飛章交奏」，政治鬥爭牽扯上桃色新聞，好不熱鬧。

才女備受拷打，死也不顛倒黑白

朱唐二人公說公有理、婆說婆有理，朱熹發現如果沒有鐵證扳不倒唐仲友，就想在官妓一事上打開缺口，當下發簽拿人，將嚴蕊抓來拷問。按朱大人的為官經驗，對嚴蕊這樣一個弱質女子用上恐嚇和刑訊手段，想要什麼口供都是立等可取。不料將嚴蕊在獄中審了一個月，無論如何拷打，她也不肯招認與唐仲友有染。朱熹審得自己都累了，還不願放棄，便把嚴蕊從台州移送到紹興府異地關押，交給當地官員繼續追審。

紹興知府秉承上官意旨，對嚴蕊每隔幾天就是一頓杖打逼問，又是一個月的牢獄下來，她身上已經沒有一塊完好的皮膚，但依然沒有一個字提到唐仲友。獄卒對這個女子的硬骨頭很是驚奇，便換上另外一種常用的誘供方法：「按這個罪名不過也就是杖責，況且妳已經受過杖了，又不會再打妳一遍，為什麼不早點招認了呢？」

嚴蕊勉力答道：「我身為賤妓，縱然真與太守有染，按律亦不至死罪，確實該早點承認。然而是非黑白不可顛倒，豈能說謊汙蔑士大夫？我寧死也不會誣告他人。」她身體雖然虛弱，字字卻擲地有聲。獄卒沒能完成任務，大怒而又無可奈何，只能再痛打她一頓以發洩失望。

嚴蕊身受酷刑長達兩個月，被折磨得已經命懸一線，反而聲譽鵲起。此事傳出後引得朝野一片議論，甚至達到宋孝宗耳中。

有一日宰相王淮入內奏事，孝宗便問：「朱熹彈劾唐仲友一事，卿怎麼看？」王淮微笑答道：「唐與政崇尚東坡先生的人品學問，朱元晦則是伊川先生（程頤）的再傳弟子。伊川看東坡不順眼，朱元晦自然也看唐與政不順眼。依微臣看來，此事不過是兩個秀才爭閒氣罷了。」孝宗心想，王淮是朱熹的舉薦者，也是唐仲友的同鄉，與兩人親疏相當，所言當為公允，接著又問：「那該當如何處置？」王淮建議：「可將兩人都平調離開台州，隔得遠遠的，互不相屬就是。」孝宗點頭准奏。

隨後岳飛之子岳霖出任浙東提點刑獄（大宋提刑官），一到任即將嚴蕊從大牢中帶出來過堂，只見她已奄奄一息，不由得心生憐憫：「本官久聞妳是才女，可作詞一首以自陳。」嚴蕊不假思索，口占一闋《卜算子》：

不是愛風塵，似被前緣誤。
花落花開自有時，總賴東君主。
去也終須去，住也如何住？
若得山花插滿頭，莫問奴歸處。

我從事世人眼中的賤業，並不是因為喜愛穿金戴銀的風塵生活，也不知道自己淪落的真正原因，大概只能用冥冥不可知的「前世因緣」來解釋吧。正如花開花落的時節全靠司春之神東君做主一樣，我這種低微之人的命運也不能自控，而是依賴您這樣的掌權者。若能像普通女子一樣用樸素的山花插滿頭，我寧願消失於山野人海，也不必問我的歸宿了。

有對身世的自傷，也盼望岳大人能成為護花的東君。岳霖本就知悉嚴蕊的冤情，已經打定主意要開脫她，現在又見她在極度不利的場合中，面對能夠操控自己命運的長官也不低聲下氣，而是不卑不亢、委婉含蓄的請求，心中更是憐惜她的風骨，當即宣判其無罪釋放，並且脫籍從良。傳說嚴蕊後來嫁給了一個喪妻的趙宋宗室，算是好女子有好報。

清照嫁懦夫，淑真遇人不淑

朱熹在上述故事中名聲大損，加深了我們心目中宋明儒家那種不近人情的形象。而且看樣子嚴蕊的文才並未給朱熹留下深刻印象，因為他曾說：「本朝婦人能文，只有李易安與魏夫人。」沒有提到差點死在他手裡的嚴蕊。魏夫人乃北宋宰相曾布的夫人魏玩，代表作之一是《定風波》：

不是無心惜落花，落花無意戀春華。
昨日盈盈枝上笑，誰道，今朝吹去落誰家？

把酒臨風千種恨，難問，夢回雲散見天涯。
妙舞清歌誰是主，回顧，高城不見夕陽斜。

此詞的意境與杜秋娘《金縷衣》的「有花堪折直須折，莫待無花空折枝」頗有關聯，這種悲花傷春的格調似乎是女性作者的專長。除了嚴蕊，朱熹明顯還遺漏了另一位才女，正如陳廷焯所言：「宋婦人能詩詞者不少。易安為冠，次則朱淑真，次則魏夫人也。」這位排名在李易安之後、魏夫人之前的朱淑真，最著名的作品就是那闋《生查子・元夕》：

去年元夜時，花市燈如畫。
月上柳梢頭，人約黃昏後。
今年元夜時，月與燈依舊。
不見去年人，淚濕春衫袖。

全詞描述的故事，與崔護《題都城南莊》的「人面桃花」可謂異曲同工，已具有很高的藝術價值。在此之外，「月上柳梢頭，人約黃昏後」因為比興而**充滿了《詩經》質地的美感，是被引用最頻繁的約會名句之一**。有趣的是，這首作品既被收錄在朱淑真的詞集中，又被收錄在歐陽修的文集中，所以真實作者成為了熱鬧的爭議話題。

在「存天理、滅人欲」朱熹理學思想下培養出的後代腐儒眼中，女子應大門不出、二門不邁，婚姻大事只等父母之命媒妁之言就好，怎麼能與人在元夜花市中約會呢？如果表揚朱淑真這首詞，豈不是有誨淫誨盜之嫌？明代楊慎在其《詞品》中批評：「朱淑真《元夕・生查子》云云，詞則佳矣，豈良人家婦女所宜邪？又其《元夜》詩云：

火樹銀花觸目紅，揭天鼓吹鬧春風。
新歡入手愁忙裡，舊事驚心憶夢中。
但願暫成人繾綣，不妨常任月朦朧。
賞燈那得工夫醉，未必明年此會同。

「與其詞相合，則其行可知矣。」首先他認為朱淑真毫無疑問是此詞作者，而且用她另一首內容相同、風格相近、明顯寫於前一年的詩，來證明朱淑真一貫就是這種不端莊的女人，並表示鄙薄。

清代王士禎為了維護才女的聲譽則走了另一條路線，在其《池北偶談》中論道：「今世所傳女郎朱淑真『去年元夜時，燈市花如晝』，見《歐陽文忠公集》一百三十一卷，不知何以訛為朱氏之作。世遂因此詞，疑淑真失婦德，紀載不可不慎也。」

古代由於交流不暢，一首詞誕生後在被傳抄時，有不少被記入不同作者名下例子，一般在線索不足的情況下先存疑。王士禎以婦德考慮而定此詞非朱淑真所作，這種洗白方法不嚴謹。鑑於楊慎的論據更有說服力，筆者傾向於《生查子・元夕》的作者乃是朱淑真。而且朱淑真風格直率的詞作可不只一首，比如《清平樂・夏日遊湖》：

惱煙撩露，留我須臾住。
攜手藕花湖上路，一霎黃梅細雨。
嬌痴不怕人猜，和衣睡倒人懷。
最是分攜時候，歸來懶傍妝臺。

此詞記錄自己夏日裡與情郎攜手遊湖，恰遇黃梅時節細雨，在避雨處親昵的躺入對方懷中的旖旎風光。相比李清照的「笑語檀郎，今夜紗櫥枕簟涼」，**朱淑真更加大膽，因為她還未婚**。生活在那個結婚對象自己不能做主、婚姻品質基本靠撞大運的年代，朱淑真的運氣明顯不如李清照，嫁了一個志趣不合之人，夫妻感情極差，從她《愁懷》一詩中就可以看出滿溢的抱怨之意：

鷗鷺鴛鴦作一池，須知羽翼不相宜。
東君不與花為主，何似休生連理枝？

「羽翼不相宜」的意思，就是沒有共同語言，不是一類人。有一年中秋之夜，孤寂的朱淑真聽到窗外哀怨的笛聲，不禁悲從中來，寫下七絕《中秋聞笛》：

誰家橫笛弄輕清，喚起離人枕上情。
自是斷腸聽不得，非干吹出斷腸聲。

不是聽到的音樂令人斷腸，而是聽音之人本身已經斷腸，這是一個深刻的音樂鑑賞體驗。因為在愛情和婚姻中受盡挫折，朱淑真的詩詞中常有這樣的斷腸之句。自古情深不壽，抑鬱難平的朱淑真英年早逝。其父母大概認為女兒之死的罪魁禍首，就是想得太多太文藝，一怒之下將她生前的詩稿統統付之一炬，當然也可能是讓這些女兒嘔心瀝血的詩稿，陪伴她於黃泉之下。只有殘存的一小部分被魏仲恭收集到，起名就是《斷腸集》。

第三十章

辛棄疾滿腦攻金戰略，孝宗認同卻不採用

讓我們回到朱熹這條線。相對於女人寫詩而言，他似乎更加欣賞和尚寫詩。當時的詩僧志南有首《絕句》：

古木陰中繫短篷，杖藜扶我過橋東。
沾衣欲濕杏花雨，吹面不寒楊柳風。

朱熹在此詩卷上題跋：「清麗有餘，格力閒暇，無蔬筍氣。予深愛之。」「蔬筍氣」這個說法最早來自於蘇軾，考慮到他生平以「拚死吃河豚」、「東坡肘子」這類大魚大肉著稱，「蔬筍」這種純素肯定不是什麼褒義詞。**蘇軾不大喜歡詩歌「寒儉有僧態」**，意思大概是和尚們寫詩往往煉字周密，但內容偏狹、境界清苦、格調不高，好像只有蔬筍素菜的寒儉食物。有次他評論道通和尚「語帶煙霞從古少，氣含蔬筍到公無」，那就是讚揚了。

朱熹雖然師從二程，與東坡不是一路人，但在這一點上似乎效法東坡，用「無蔬筍氣」算是給予志南和尚最高評價。後來元好問對此很不以為然：「詩僧之詩，所以自別於詩人者，正以蔬筍氣在耳。」如果沒有了這股能反映寺廟真實生活狀態的蔬筍氣，那和尚們的作品還有什麼特點呢？

八字告示，盡顯才幹氣魄

宋孝宗淳熙八年，朱熹在江西任職知南康軍時，遇上了嚴重的旱災，糧食欠收，有為富不仁的商家趁機囤積居奇謀取暴利，而飢不可耐的災民們則開始搶糧，社會處於大動盪的邊緣。

朱熹帶著手下憂心忡忡的在治下地區巡視，心裡盤算著該如何穩定局勢和人心，忽見十字路口有一群百姓圍在剛剛張貼出的官府告示旁七嘴八舌，走近細看，上面只寫著八個大字：「閉糶（按：音同跳）者配，強糴（按：音同迪）者斬。」旁邊一個保正（按：古代農村的保正，大體相當於現在的鄉長）向不明真相的圍觀群眾解釋道：「這是新任知隆興（今江西南昌）府兼江西安撫使辛棄疾大人的安民告示，就兩條意思，敢囤積糧食不賣的商家發配邊遠軍州，敢入戶強買或者搶糧的人直接砍頭。大家放心吧，很快就不會這麼缺糧了。」眾人聽後，一邊彼此議論一邊慢慢散去，惶惶不安的人心逐漸平定下來。朱熹暗自點頭：「一般的榜文囉囉嗦嗦寫兩大張紙，也起不到如此立竿見影之效。這便見得他有才。」

隨後辛棄疾召集官吏群眾，讓他們推舉出能幹靠譜之人，將官府內的全部資財無息借給他們，要求必須完成一個任務：去外地買糧，月底之前運回，在城下公開出售。到了月底，果然滿載的運糧船聯翩而至，糧價頓時被平抑下來，災民們賴以度過此荒。信州（今江西上饒）太守謝源明派人來求米，幕僚們都認為隆興府自顧尚且不暇怎能答應，唯有辛棄疾說：「信州百姓也是大宋的子民啊。」當即以十分之三的糧船相助。孝宗聞知，嘉獎辛棄疾升一級。朱熹在這次救災中見識了辛棄疾的才幹氣度，很是欽佩。

過了一陣子，朱大人接到報告，在轄區水域內截獲一艘客船，掛著「江西安撫使」的牌子，不肯配合例行檢查，強行開倉一搜，發現裝滿了牛皮。朱熹一看這船手續不全，下令全部沒收入官。沒過幾天辛棄疾就寄了信函過來，說那船牛皮是部隊購買的軍用物資。朱熹想了想，便將扣下的貨物放還了。兩人之間真正開始打上交道，就是通過這麼一次不尷不尬的事件。

少年立志，來自家庭教育之影響

辛棄疾比朱熹小十歲，是**中國歷史上最後一位可用「偉大」形容的詞人**。他家世居濟南，是李清照的同鄉。靖康之變金兵攻占山東時，辛棄疾的祖父辛贊因為照顧族人而未能逃離，不得不擔任了金國的職務，最後官至知開封府。身在曹營、心在漢的辛贊常常帶領兒孫們攀上泰山，「登高望遠，指畫山河」，對他們進行愛國主義教育，期望孩子們有一天能報家國之仇。

小幼安在泰山上曾題名「六十一上人」，就是「辛」的離合字。辛贊看出辛棄疾年紀雖輕志氣卻高，便著意培養他的兵法、騎射。在幼安十五歲和十八歲時，祖父兩次讓他藉著趕考的機會進入金國中都燕京，仔細觀察山川形勢，為將來光復中原未雨綢繆。在這樣的家教下，辛棄疾被訓練得胸懷大志、文武雙全，時刻準備著驅逐女真侵略者、恢復大好河山。

我們觀察宋朝幾位大詞人的童年，蘇軾是被母親薰陶出來的，李清照是被父親薰陶出來的，辛棄疾是被祖父薰陶出來的，家庭教育對人一生的影響實在是太大了。

三天飛馳奪回帥印

紹興三十一年，金國皇帝完顏亮南侵，於采石磯軍敗身死，完顏雍在遼陽擁兵稱帝，中原金國統治區陷入一片混亂，各地抗金義軍風起雲湧。

辛棄疾感到等待已久的機會出現了，就去和睡在自己上鋪的同學党（按：音同黨）懷英謀劃趁亂投奔南宋朝廷。党懷英故土難離，寧願為金國政府打工。兩人久議不下，商定用占卜的方法來個決斷。結果党懷英卜出一個「坎」卦，自己解釋成待著別動，所以留下來繼續當金國的公務員，後來做到翰林學士。

辛棄疾卜出一個「離」卦，自己解釋成離為上策，所以決意南歸。占卜這種玩意兒，基本上就是古人為自己所做的事情，找一個神神叨叨的理由。不管幼安卜出一個什麼卦，按他的價值觀都是會選擇歸宋的。所以《左傳》有名言曰：「卜以決疑，不疑何卜？」

辛棄疾運用自己的能力和聲望，迅速召集到一支兩千人的部隊，投奔當時聲勢浩大的義軍領袖耿京，並被任命為掌書記。有位武僧義端也是軍事發燒友（按：即痴迷於某事），與幼安氣味相投有舊交，此時拉起了一千多人的隊伍。辛棄疾為了義軍的團結壯大，親自去遊說義端，勸得他帶著人馬來歸屬耿京節制。

沒想到有天晚上義端居然潛入耿京大帳，偷了帥印後消失得無影無蹤。耿京大怒斥幼安勾結間諜，要以軍法殺他。辛棄疾懇求道：「請給我三日期限，若不能追上此賊奪回帥印，再殺我也不遲！」耿京點頭同意。

幼安心中盤算，義端既然偷了帥印，肯定會直奔金國主帥大營去報告義軍的軍情機密以邀功，於是牽出兩匹駿馬，沿著其必經之路急追下去。眼看座下馬累了，就換騎另一匹。這樣馬歇人不歇的疾馳一日一夜，果然追上義端。義端一見武藝高強體壯如牛的辛棄疾，如神兵天降般出現在自己面前，嚇得立刻跪倒求饒放棄抵抗。幼安毫不遲疑的斬首取印，再飛奔歸報大營，果然在三日限期之內。

二十三歲領兵拜將

經過此事，耿京更加欣賞辛棄疾。幼安便勸他下定決心，南向投宋。於是紹興三十二年耿京派總提領賈瑞、掌書記辛棄疾為使，奉表趕至建康府，願率手下二十五萬義軍歸宋。正在此地巡視的宋高宗大喜，親自接見使團，任命耿京為天平軍節度使，節制附近的各路義軍，並派大臣帶著賜給義軍將領們的官誥、節鉞，同賈、辛等人一起回去。

然而當辛棄疾等人剛回到山東，就聽到一個晴天霹靂般的噩耗。原來就在他們離開的這段日子裡，已經進入中都站穩腳跟的金世宗，針對義軍頒布大赦詔書，只要下山都算大大的良民。這招對組織紀律性比較差的農民起義軍來說非常有效，很多思家心切的將士紛紛放下武器，回鄉過太平日子去也。大將張安國貪圖重賞，襲殺耿京後，到金營投降，被封為濟州知州。義軍群龍無首，頓時土崩瓦解。

面對這樣惡劣的局勢，一般人能做的只有盡快逃回江南脫離險境。但辛棄疾不是一般人，他立刻召集手下親信商議：「我們奉帥命歸宋，主帥卻不幸遇到這種肘腋之變（按：喻潛伏在身邊的禍患）。若不追討叛徒就這麼灰溜溜的南渡逃命，有何面目對主帥的在天之靈？又有何面目對天子覆命？」當下帶了幾十名精兵，趁著夜色悄悄趕至駐紮著數萬人馬的金軍大營。

金人因為耿京義軍風流雲散，自以為時局已定，全營上下正飲酒慶功，毫無警惕，主將與張安國喝得酩酊大醉。

辛棄疾率部下突入大帳，三下五除二將醉醺醺的張安國綁了，抓上馬背就走。這下金營頓時炸了鍋，金將抓起武器，率兵上馬來追。幼安親自殿後，見金國騎兵追得近了，扭腰一連射出三箭，正中最前面三騎追兵的心窩，紛紛倒撞下馬去。後面的金兵見狀驚出一頭冷汗，急忙勒馬減速，酒也差不多嚇醒了。就這麼一遲疑間，辛棄疾率領的特種小分隊已經消失在沉沉夜色中。

幼安振臂呼召那些不願回鄉臣服於金國的義軍將士，又匯集了數千精騎，率領他們日夜兼程一路殺出金國占領區，南渡長江到達建康府，並將張安國獻俘於宋廷。高宗下旨把這個叛徒拉出去遊街示眾後斬首，以告慰耿京的亡靈。這件新聞極大的鼓舞了南宋的人心，連性格懦弱的人都為之擊案而起，高宗本人也一日三讚嘆。**辛棄疾**以其超人的勇敢果斷和軍事才能聲名大噪，**被任命為江陰簽判（相當於中央派去的副節度使），當時年方二十三歲**。

辛棄疾提供金國攻略，張浚卻少做了重點

這一年宋高宗禪位，孝宗登基，提拔主戰派掌控了朝廷。辛棄疾立刻拜訪時任江淮宣撫使的老師張浚，根據對金國情況的了解獻上了「分兵殺虜」之計。金軍最大的問題在於調動十分緩慢，宋朝應該利用這一點，先從關陝等四路發起佯攻，逼迫金國調淮河一線的精銳去應付。等淮河防線出現鬆動時，宋朝用精兵發動突襲，在金軍還來不及再回防時，就能**收復抗金義軍基礎紮實的山東**，則西向可以威脅中原，北向甚至可以威脅到燕京。

第二年即隆興元年，張浚被孝宗任命為樞密使，制定的北伐計畫裡果然是先取山東。但一貫輕敵冒進的張浚，完全忽略辛棄疾方案中最重要的一點「先佯攻以分散敵人兵力」，而是直接用主力渡過淮河與金兵硬碰硬，結果沒有受到其他戰場牽制的金兵源源不斷增援而

來，宋軍最終遭受符離之敗。

雄心勃勃的宋孝宗挨了這當頭一棒，只好與金國簽訂「隆興和議」。一時間南宋士氣降至冰點，沒有人再敢談論恢復中原。而辛棄疾在此時寫下軍事論文《美芹十論》獻給皇帝，首先指出失敗情緒的不必要：「臣竊謂恢復自有定謀，非符離小勝負之可懲，而朝廷公卿過慮、不言兵之可惜也。古人言不以小挫而沮吾大計，正以此耳。」然後以洋洋萬言，從三個層次分析金國的內部矛盾和弱點，從七個方面建議宋朝當做的準備：「今日虜人實有弊之可乘，而朝廷上策惟預備乃為無患。故罄竭精懇，不自忖量，撰成禦戎十論，名曰美芹（地位低者向上位者提建言，出自《列子》）。其三言虜人之弊，其七言朝廷之所當行。先審其勢，次察其情，復觀其釁，則敵人之虛實吾既詳之矣；然後以其七說次第而用之，虜故在吾目中。」

然而新敗之下，朝廷內外畏敵情緒瀰漫，辛棄疾的主張沒有任何人響應。乾道四年，幼安升任建康府通判。在催發無數文人墨客才思的秦淮河邊，他寫下了《水龍吟・登建康賞心亭》：

楚天千里清秋，水隨天去秋無際。
遙岑遠目，獻愁供恨，玉簪螺髻。
落日樓頭，斷鴻聲裡，江南遊子。

把吳鉤看了，欄杆拍遍，無人會，登臨意。

休說鱸魚堪膾，盡西風、季鷹歸未？
求田問舍，怕應羞見，劉郎才氣。
可惜流年，憂愁風雨，樹猶如此！
倩何人喚取，紅巾翠袖，揾英雄淚？

黃昏落日時分登樓眺望北方故土，玉簪螺髻般的遠山越美，就越容易勾起人的惆悵。聽著失群孤雁的哀鳴，更激發遊子的思鄉之情。然而收復中原遙遙無期，我徒然把腰間寶劍抽出來看了又看，把欄杆拍了又拍，一腔悲憤欲訴無人能懂。上半闋借景抒情，下半闋則連用三個典故。

第一個典故即西晉人張翰（字季鷹）的「蓴菜鱸魚之思」，《不讀宋詞，日子怎過得淋漓盡致（北宋篇）》和《精英必備的素養：全唐詩（中唐到晚唐精選）》都對其有過詳述。辛棄疾縱然想效仿張翰，家鄉卻淪陷在敵人手中，又怎麼回得去呢？

三國時名士許汜（按：音同四）與劉備在荊州牧劉表處品評天下豪傑。許汜搖頭晃腦的說道：「陳元龍（陳登）湖海之士，驕狂之氣至今未除。」劉備對陳登很熟悉，卻不發表意見，先問劉表：「許君所論，對還是錯？」

劉表猶猶豫豫：「想說他錯吧，許君是個好人，諒來不會說假話；想說他對吧，陳元龍可是名重天下。」說了等於沒說。

劉備轉頭問許汜：「您說陳元龍驕狂，有什麼依據？」

許汜回答：「當年我逃難經過下邳時拜訪陳元龍，他毫無待客之禮，半天不和我說話，自己上了大床高臥，倒讓我這個客人坐在下床。」

劉備點頭道：「方今天下大亂，連天子都自身難保。先生素有國士之名，只盼您能憂國忘家、有救世之心。然而先生只對房地產投資感興趣，到處求田問舍打聽房價，言談毫無新意，這是元龍所鄙視的，他還能和您聊什麼呢，就聊下邳內環的房價幾年能翻番嗎？假如當時換成是我，會睡到百尺高樓上而讓您睡地板，哪會只有區區上下床的區別呢？」劉表哈哈大笑，許汜大慚而退。

辛棄疾現在無聊無事，只能像許汜一樣求田問舍，想起劉備那種壯志凌雲的才幹志向，自己都感到羞愧吶。

東晉權臣桓溫北伐時經過金城，看見自己早年在此地擔任琅琊內史時所種的一批柳樹，如今都已經腰圍三尺冠蓋成蔭，不由得撫摸著它的枝條泫然流淚：「木猶如此，人何以堪！」對常人而言，光陰的流逝尚且容易觸發感慨；對那些特別渴望建功立業的人而言，年華的虛度更是不可忍受之痛。辛棄疾嘆息自己南渡以來數年間一事無成，既然無人能領會他的登臨之意，就只能暫時住在紅巾翠袖的溫柔鄉中打發時光了。

十論九議，只給你說說就好

幼安實在太早出名，其實到此時他也才剛過而立之年，正當年富力強，前面的道路還很長，溫柔鄉尚非英雄塚。

乾道六年，虞允文拜相當政，主戰派再次占據上風。對《美芹十論》印象深刻的宋孝宗在延和殿召見辛棄疾，這是一個獲得皇帝信任的大好機會。結果「棄疾因論南北形勢及三國、晉、漢人才，持論勁直，不為迎合」，就是並非皇帝想聽什麼他說什麼，而是盡說些皇帝不想聽的。雖然看起來辛棄疾在北伐的戰略方針上和孝宗保持一致，但在具體做法上有不小的出入。

《宋史・辛棄疾傳》上沒有提到「不為迎合」的具體內容，但通過隨後幼安寫給虞允文的另一篇著名軍事論文《九議》，我們大致可以猜到，他對朝廷的作戰和外交水準頗不以為然：「如今朝廷的弊端，在於主和者一輩子都不敢談軍事，而主戰者恨不得明天就打到汴京去，這就是為什麼主和、主戰都有敗無勝的原因。

「孔子曰：『欲速則不達，見小利則大事不成。』當年越王勾踐圖謀報吳國之仇，籌備了二十多年才動手，一舉成功；燕昭王圖謀報齊國之仇，對大臣們說：『請給寡人五年時間。』大臣們回答：『願給大王十年。』這些道理從符離之敗就能清楚的看出來。」

接著幼安又以陵寢之地舉例：「上策就是使金國驕狂，先獻上重禮，用謙卑的措辭假意告知：『鄙國皇帝請上國歸還陵寢之地的目的，並非真的那麼在乎那塊地皮，無非不想讓百姓和後世議論他是個不孝子孫而已。如果上國不同意，那鄙國就有個說法給百姓和後世交代了，不影響兩國照樣世代友好下去。』金國聽我們這麼說，軍事應對肯定緩慢，這就中了我們的驕兵之計。

「我軍突然出動，傳檄天下，明明挑釁：『前陣子我們已經請求過陵寢之地，如今兵馬已到貴國境內，希望貴國同意。如果不從，那麼以後也不會再有歲幣這麼輕鬆愉快的穩定年收入了，儘管發兵來戰吧！』金國措手不及，肯定急忙招兵買馬，我們卻深溝高壘按兵不動，準備打曠日持久之戰。金國境內民族矛盾複雜，戰爭費用高則賦稅必然橫暴，法令嚴峻則盜賊必然蜂起，我軍乘隙而圖之，這就是以逸待勞之計。

「彼緩則我急，彼急則我緩，此乃兵法的必勝之道。換言之，你們上次派范致能去義正辭嚴的索要陵寢之地，真是心裡怎麼想的嘴上就怎麼說，結果讓人家提高警惕，用『三十萬兵馬護送陵寢南來』的說法一嚇，你們又閉嘴安靜了。唉，**兩國開戰是兵凶戰危的事情，只能兵不厭詐無所不用其極，哪能像你們那麼中規中矩的文明搞法？**」

如果有人原本覺得，辛棄疾只有萬軍之中取敵將首級的匹夫之勇，建議可以讀讀他的《美芹十論》和《九議》，立刻就能看出他深刻了解敵我國情，對政治、經濟、軍事、外交、民政的通盤考慮，其資訊之廣、思索之深、謀劃之細，令人由衷讚嘆，他在你心目中的形象瞬間就會豐滿起來。

南宋朝廷因為剛剛與金國講和，還是想把近期工作重點放在經濟建設上，當然也通過幼安那些建議書看出了他的實際才幹，當年便調其入京，擔任司農寺主簿。

第三十一章

幼安做事只看目標，不問手段，換一次位置，得罪人一次

在朝廷中樞鍛鍊了兩年後，辛棄疾於乾道八年被任命為滁州知州，開始獨當一面。當他抵達滁州時，著實對自己接手的這個爛攤子吃了一驚。

幼安警語，亡國之際才有人重提

戰火餘生後的滁州（在安徽）十分凋敝，「時滁人方苦於饑，商旅不行，市物翔貴，民之居茅竹相比，每大風作，惴惴然不自安」。幼安免去了民間欠官府的債五百八十多萬錢；把來往行商的稅賦減去十分之七；借錢給百姓讓他們將茅草房屋改造為陶瓦建築，以避免火災；招募流散人員回來定居以增加勞動力；訓練民兵順便開墾荒地。

自助者天助之，這一年風調雨順喜獲大豐收，商旅雲集使得財稅收入倍增。辛棄疾再用官府餘錢提供建築就業機會，修了奠枕樓供百姓登臨休息。在其治下，滁州人民安居樂業，市面欣欣向榮，幼安的施政才幹一展無餘。

辛棄疾一邊治理好手上這一畝三分地，同時不忘放眼觀察國際形勢。這一年他根據自己的分析，上書朝廷發出了一個匪夷所思的預言：「仇虜**（金國）六十年必亡，虜亡而中國之憂方大**。」六十二年後的宋理宗紹定七年，蒙宋聯軍攻破蔡州，金哀宗完顏守緒自縊身死，金國滅亡。但也就從此刻開始，南宋開始直面強大的怪獸蒙古，連一點喘息時間都沒有，雙方當年就撕破盟約開戰。

面對蒙古的巨大壓力，宋末名臣謝枋得在宋理宗景定年間，擔任江東轉運司貢舉考試官時，所擬策問試題為：「猶記乾道壬辰，辛幼安告君相：『仇虜六十年必亡，虜亡而中國之憂方大。』紹定驗矣，惜乎斯人之不用於亂世也！諸君亦有義氣如幼安者，百尺樓上，豈可不分半席乎？」

這裡的百尺樓上分半席，正是從「求田問舍」典故中進一步化來，意即考生中若有人如辛棄疾般的志氣，劉備高臥的百尺樓上也能分到半席之地。辛棄疾這個神一般的預言當年無人理會，到了國家將亡（理宗之後是度宗，繼位者恭帝降元）之前方才重見天日。

眾裡尋他千百度

乾道九年，辛棄疾罹患一場大病，不得不離任回京口（今江蘇鎮江）居所修養。淳熙元年，病後初癒的幼安被授予江東安撫司參議官，結識了建康留守葉衡。沒過多久，拜相入朝的葉衡對皇帝著力推薦辛棄疾「慷慨有大略」，孝宗再次召見他後，調入京師擔任倉部郎官，負責國家糧食管理。雖然是個關係到國計民生的重要崗位，卻並非幼安期望的與軍政相關，英雄仍然無用武之地。這一年辛棄疾最著名的詞作《青玉案・元夕》問世：

東風夜放花千樹，更吹落，星如雨。
寶馬雕車香滿路。
鳳簫聲動，玉壺光轉，一夜魚龍舞。

蛾兒雪柳黃金縷，笑語盈盈暗香去。
眾裡尋他千百度。
驀然回首，那人卻在，燈火闌珊處。

從字面來看，此詞描繪的是京城元宵燈節熱鬧的夜晚，作者尋覓心上人忙了半天不見倩影，一回頭發現她正一個人站在燈火零落闌珊處。

這個創意在愛情詩歌界已經是第一流。王國維先生還將它作為「頓悟」的代表，列為成大事業、大學問者必須經過的第三層也是最高一層境界。但了解辛棄疾的人都能感受到，孤芳自賞的其實不是美人，而是難覓知音的作者自己。這是借著愛情描寫來抒發政治理想的傳統詩文套路。梁啟超先生論此詞「自憐幽獨，傷心人別有懷抱」，的確是至評。

一生汙點：殺投降者

淳熙二年，湘、鄂、贛等地的茶商、茶農因不堪重稅而發起武裝暴亂，在領袖賴文政的率領下進入江西。地方政府上萬官兵征討兩個月屢戰屢敗，各級軍官被殺幾十人，孝宗大為震怒。

此時有人慧眼看到辛棄疾在燈火闌珊處等待機會垂青，正是宰相葉衡。經他舉薦，三十六歲的幼安被任命為江西提點刑獄，節制諸軍進討賴文政。這是**辛棄疾歸宋後第一次負責軍事行動**。

他到任後，發現南宋正規軍的戰鬥力一塌糊塗，對付人數只有自己十分之一卻熟悉地形的茶商軍，簡直一籌莫展無處下手，於是以重金在當地民兵和地主武裝中，招募出一支同樣熟悉地形的精銳小部隊。果然兵貴精不貴多，茶商軍在辛棄疾的進攻下，活動空間被壓縮得越來越小。辛提刑又派人前往招降，聲稱茶販們只要放下武器便既往不咎。賴文政見突圍無望，只得率領殘兵八百餘人投降，卻被辛棄疾處死。

平亂之後，幼安因功加封祕閣修撰。然而自古以來「殺降不祥」，白起殺降則死非其罪，自刎於杜郵，項羽殺降則霸王別姬自刎於烏江，李廣殺降則一生難封自刎於刀筆吏前，辛棄疾雖然沒有走上這條絕路，但也終身鬱鬱不得志，此事更成為他生平抹不去的汙點。

幼安當官，椅子沒坐熱就調差

淳熙三年，辛棄疾巡查轄下區域途經萬安縣造口時，想起高宗建炎三年隆祐太后一行被金兵追殺至此處，幸得當地民兵協助官軍力阻敵人，太后坐在農夫們的肩輿（按：即轎子，又稱滑竿）上一路飛奔才僥倖逃出生天。隆祐太后是宋哲宗孟皇后，曾經兩度被廢、兩度復位、兩度在國事危急時垂簾聽政，經歷跌宕傳奇，深受高宗感戴，在民眾中也聲望極高。她以堂堂太后之尊而遭此窘迫困厄，怎不令人扼腕？幼安即以此事起興，留下一首《菩薩蠻・書江西造口壁》：

鬱孤臺下清江水，中間多少行人淚。
西北望長安，可憐無數山。
青山遮不住，畢竟東流去。
江晚正愁餘，山深聞鷓鴣。

從上游百里之外鬱孤臺下一直流到造口的江水，其中有當年隆祐太后逃難之際的驚惶淚水、有南渡軍民回眺故國時的留戀淚水、也有辛棄疾自己壯志難伸的悲憤淚水，總之是流不盡的傷心淚。

西北遙望不見長安，可恨重重青山阻隔，這明顯是用高山指代敵人。第三句的含義有點費解，筆者猜大概是青山遮得住長安，卻隔不斷流水東去；敵人占得了領土，卻斬不斷人心歸宋。

江邊夜色初上，一懷愁緒的幼安又聽見了深山中的鷓鴣聲聲。鷓鴣在詩歌中就是令人想家的代表，比如鄭谷的「遊子乍聞征袖濕，佳人才唱翠眉低」。而且它是南方特有的鳥類，辛棄疾一聽此聲更被提醒了自己乃是北方遊子，不知何時才能回到光復的家鄉，愁懷無人能解。全詞句句都在寫景，句句又在通過比興而抒情。陳廷焯評論道：「血淚淋漓，古今讓其獨步。」

到現在我們已經可以看出辛棄疾做事雷厲風行，只在乎達成目標，不在乎手段，也不在乎得罪人。在一個龐大的官僚組織結構中，尤其是在外部暫時和平不急著用人的環境下，幼安這種風格必不招人喜歡。所以隨後幾年他從江西提點刑獄遷為湖北安撫使，轉江西安撫使，召進京擔任大理少卿，再出任湖北轉運副使，崗位變換之快讓人目不暇接，幾乎每個位置都沒有來得及坐熱就被支走。

劉過賦詩能讓幼安大喜，張栻泣不成聲

幼安在湖北為官任上，與張浚之子張栻（按：音同是）成為同僚。當時有一位士子姓

劉、名過、字改之，很想結識辛棄疾，但去拜訪時吃了閉門羹。劉過劉改之這個名字自然讓我們想起郭大俠為義弟的遺腹子起名為楊過字改之，原來就是借鑑這位前賢，出處則在《易經》的「見善則遷，有過則改」。張栻為他出了個主意：「某日辛公在家請我宴飲，先生可趁此登門。如果門衛擋駕，你只要喧嚷一番，就必能進去。」

到了那天，劉過果然按此方法鬧將起來。辛棄疾聽得外面吵鬧，叫來門衛詢問：「何人喧嘩？」門衛答道：「有個人自稱名叫劉過，要見大人。我們已經告知大人今日不見外客，他還硬要闖進來。」幼安大怒，正要發作，張栻在旁言道：「劉過號為天下奇男子，長於賦詩，不妨一見。」

辛棄疾聽張栻如此說，便命請劉過入內。改之見了兩位大人，長揖施禮。幼安皺了皺眉：「你能賦詩嗎？」改之答：「能。」幼安環顧左右，廚房剛好送上一份羊腰羹，便伸手一指：「以此羊為題。」改之道：「天氣甚寒，請大人賜一杯酒。」接過酒來仰頭一飲而盡，昂然道：「請大人指定當用何韻？」幼安見有酒流在改之胸前衣襟上，微微一笑：「以『流』字為韻。」改之略一思索即吟道：

拔毫已付管城子，爛首曾封關內侯。
死後不知身外物，也隨樽酒伴風流。

韓愈曾戲為毛筆作《毛穎傳》，言其封地在管城，後人便稱毛筆為「管城子」，此羊已經拔毛做筆。更始（兩漢之際綠林軍建立的政權）皇帝劉玄當年濫授官爵，什麼爛人都能當高官，所以長安有「灶下養，中郎將；爛羊胃，騎都尉；爛羊頭，關內侯」的民謠，後世遂用「爛羊之謠」嘲諷官吏汙濫。辛棄疾作詞善於用典，劉過此詩頭兩句用典正是投其所好。「死後不知身外物，也隨樽酒伴風流」更具名士風範。幼安大喜，立刻邀改之入席共嘗此羹，飲酒歡宴既罷，又贈他一筆厚禮，兩人從此訂交。

宴席結束後，張栻邀請劉過到了自己的官署，又擺下酒來，一聲長嘆之後開口相求：「先君魏公（張浚封魏國公），一生公忠體國，是國家功臣棟梁，卻命運不濟（按：指符離之敗），臨終之時囑咐：『我曾為國家執政，未能恢復中原，死後也沒有面目葬入祖墳，將我葬在衡山祝融峰下足矣。』然而那麼多人贈送的輓辭，竟沒有一篇能體現先父心中深意。今日想求先生一篇大作，言他人所未能言，以慰先父在天之靈。」劉過點頭，沉吟片刻賦得一首七絕《弔張浚》：

背水未成韓信陣，明星已隕武侯軍。
平生一段不平氣，化作祝融峰上雲。

劉改之將張浚比作孔明一般出師未捷身先死，胸中一段不平之氣使得忠魂不散，化為祝融峰天上的白雲。作為兒子的張栻聽了，深感劉過替先父一吐鬱結，為之墮淚泣不成聲。

小題大作罰都吏，為部屬籌旅費

後來辛棄疾將劉過招為幕僚。改之豪爽好施，「平生以義氣撼當世」，搞得常常入不敷出。有一天接到家鄉來信言道母親病重，劉過趕緊打點行裝準備趕回去，才發現自己身無餘財、囊橐蕭然。傍晚幼安攜改之微服登上武昌南樓散心，正好碰上一個都吏帶了歌伎在飲酒作樂，一看居然上來兩個平頭百姓攪了自己的雅興，立命左右驅趕，兩人大笑而去。

做事高效的辛大人，當夜便給該都吏派了一份號稱十萬火急的公務，這傢伙爛醉如泥當然無法趕來，第二天一早幼安便作勢要按律抄沒家產、流放本人。都吏請了幾十個人來道歉說情都毫無用處，不明白辛大人為何如此小題大作，急得沒頭蒼蠅團團亂轉。有聰明人給他講了原委，都吏終於明白過來，立刻託人轉告幼安，願意拿出五千緡（按：音同民，即成串的錢，每緡一千錢）為改之的母親獻禮。幼安仰天搖頭：「不夠，翻個倍差不多。」都吏一咬牙，趕緊如數送到。

辛棄疾自己出錢買了一艘船，命人將那一萬緡搬上去，連船帶錢一起送給改之，叮囑道：「你馬上趕回老家，這錢給令堂救急之用，可不要像往日那樣大手大腳隨便亂花了。」劉過感激不盡，揚帆而去。二十年後，改之重過南樓，以一首《唐多令》思念故人：

蘆葉滿汀洲，寒沙帶淺流。二十年重過南樓。
柳下繫船猶未穩，能幾日，又中秋。

黃鶴斷磯頭，故人今在否？舊江山渾是新愁。
欲買桂花同載酒，終不似，少年游。

辛棄疾職場屢誤，全因遭妒

淳熙六年，已屆不惑的辛棄疾又調為湖南轉運副使，同僚王正之為他擺酒送別。幼安寫下一闋《摸魚兒》（淳熙己亥，自湖北漕移湖南，同官王正之置酒小山亭，為賦）：

更能消、幾番風雨，匆匆春又歸去。
惜春長怕花開早，何況落紅無數。
春且住，見說道、天涯芳草無歸路。
怨春不語。算只有殷勤，畫簷蛛網，盡日惹飛絮。

長門事，准擬佳期又誤。蛾眉曾有人妒。
千金縱買相如賦，脈脈此情誰訴？
君莫舞，君不見、玉環飛燕皆塵土。
閒愁最苦。休去倚危欄，斜陽正在、煙柳斷腸處。

漢武帝劉徹只有幾歲時，他姑姑館陶大長公主劉嫖（漢景帝的同母姐姐）把他抱在懷中逗著玩：「你小子想娶媳婦嗎？」指著身邊的侍女一個個問過去：「你看這個姐姐好不好？」劉徹都搖頭說：「不用。」長公主又指著自己的女兒問：「那阿嬌好不好？」劉徹拍手笑道：「好，如果能娶漂亮的阿嬌姐姐當媳婦，我會造一座金屋給她住。」長公主大喜，於是苦求景帝，終於讓劉徹和阿嬌成婚，這個就是「金屋藏嬌」的典故。可見從古代起丈母娘就一直對女婿能否在婚前提供一套房產很在意，此風俗一直保持到今天。

當然長公主這個丈母娘可不是白要房子的，她動用自己的影響力，廢掉太子劉榮，幫助劉徹成為太子。景帝駕崩，劉徹登基，阿嬌成了陳皇后，讓我們見識了什麼是雙贏的政治婚姻。可惜人無千日好，花無百日紅，武帝遇到衛子夫後，開始了他漫長見異思遷史上的第一次，當然這次可能是我們作為後人喜聞樂見的，因為衛子夫的弟弟衛青和外甥霍去病，實在是中國歷史上的最強外戚組合。

阿嬌當了十一年皇后，因涉嫌巫蠱被廢，移居長門宮。廢后歷來是非常麻煩的事情，巫蠱則是最高效的理由，屢試不爽。

幽居失寵的陳皇后聽說成都才子司馬相如的文章天下第一，便派人奉上黃金百斤作為他們夫妻的酒資，換來相如一篇洋洋灑灑的《長門賦》送呈武帝，希望能用文字打動他，然而終歸於無效，所以「千金縱買相如賦」，還是「脈脈此情誰訴」。

之所以再得幸無望，因為「蛾眉曾有人妒」，辛棄疾知道自己壯志難酬，也是因為官場上同僚的嫉妒。

該年湖南農民暴動，被安撫使王佐調兵鎮壓下去。辛棄疾任職的轉運副使負責財政賦稅，兼有按察之權，這次是旁觀者清了。他明查暗訪，對民間疾苦瞭若指掌，事後上了一封《論盜賊劄子》給孝宗，其中說道：

那些種田的百姓，被郡一級的官員用橫徵暴斂來苦害，被縣一級的官員用強買強賣來苦害，被基層小吏用敲詐勒索來苦害，被地主豪強用土地兼併來苦害，最後被強盜用殺人搶奪來苦害。他們求告無門，不去當盜賊還能去哪裡呢？這就是官逼民反啊。

「民者，國之根本，而貪濁之吏迫使為盜！今年剿除，明年掃蕩，譬之木焉，日刻月削，不損則折。欲望陛下深思致盜之由，講求弭盜之術，無恃其有平盜之兵也。

「臣孤危一身久矣，荷陛下保全，事有可為，殺身不顧。況陛下付臣以按察之權，責臣以澄清之任，封部之內，吏有貪濁，職所當問。

「但臣生平則剛拙自信，年來不為眾人所容，顧恐言未脫口而禍不旋踵，使他日任陛下遠方耳目之寄者，指臣為戒，不敢按吏，以養成盜賊之禍，為可慮耳。」

忠君愛國拳拳之心，溢於筆端。孝宗閱後，深為感動，先讓平亂有功的王佐升職入京，然後將辛棄疾遷為知潭州兼湖南安撫使以接替，在其劄子上批答「行其所知，無憚豪強之吏」，命他去治理地方一展身手。再讓宰相將辛棄疾的劄子和自己的批答，下發給各路主官安撫使和負責按察的轉運使，號召他們好好學習。大家可以想像一下那些同僚們讀了劄子之後的慚愧和嫉恨，這就是典型的「蛾眉曾有人妒」。

會做事不會做官，只好退休

有了皇帝支持的辛棄疾，完全不在乎其他人的妒忌，立刻施展他的鐵腕治理湖南。淳熙七年春天，部分地區旱災，幼安動用十萬石政府儲備糧，招募民工興修水利，既幫助當地百姓度過饑荒，又加強了基礎建設。這個「以工代賑」的思路，和七百多年後的美國「羅斯福新政」不謀而合。

同時，辛棄疾彈劾不稱職的官員，整頓地主豪強武裝，使得湖南的狀況大為好轉。他看出湖南地接兩廣、民風剽悍，一有風吹草動就容易發生暴亂，自己作為安撫使需要一支有戰鬥力的部隊，於是申請建立「飛虎軍」，並得到了孝宗的批准，但是軍費需要自籌。

不過幼安的執行力極強，很快就招募到人馬，到處斡旋將錢也搞來了。比如建設營寨需要大量石料，他就宣布有些罪可以用繳納石料來頂，結果當地石礦立刻人頭攢動，叮叮噹噹熱火朝天，運送石料的車子在石礦與營地之間絡繹不絕。當時秋雨連綿，手下匯報無法燒瓦，辛棄疾問：「需要多少？」手下答：「二十萬片。」辛大人點頭：「不必擔心。」便差人去所有的政府官衙、寺廟神祠、商鋪民居每家屋頂取兩片瓦，沒幾天就湊齊了。

樞密院中有人不樂見其成，多次阻撓，並向皇帝打小報告，說辛棄疾借著建造營寨中飽私囊。孝宗派人送御前金字牌至湖南，命令停止工程。幼安恭恭敬敬的收下金牌，卻偷偷藏起來不告訴下屬，反而命令監辦者在一個月內必須完工，否則軍法從事。等營寨如期落成後，辛棄疾將工程始末報告、收支帳本和營寨實物圖上呈朝廷，孝宗閱後便釋然無慮。

這件事對國家而言是大功一件，「軍成，雄鎮一方，為江上諸軍之冠」，但我們可以看出，辛棄疾的做事風格肯定給不喜歡他的人留下許多小辮子。結果他剛剛指揮這支傾注了滿腔心血才建成的軍隊沒幾個月，就在年底又被調去擔任知隆興府兼江西安撫使。在仕途上屢屢受挫的幼安估計從此時有了退隱之心，跡象是他到江西後不久的淳熙八年春，即在上饒帶湖邊開始興建農莊，「高處建舍，低處闢田」，打算定居於此。這種行為正是他之前在《水龍吟》中很不屑的「求田問舍」。

第三十二章

辛棄疾識愁欲説還休，陳亮妄言坐牢做狀元

辛棄疾的官從來都做不長已經成為定律，還沒到年底，就被監察御史王藺彈劾，他在湖南安撫使任上時，「用錢如泥沙，殺人如草芥」，但這次不是調任或貶職，而是嚴厲的罷官歸田。正好帶湖農莊落成，四十二歲的幼安回到上饒，無可奈何的對家人說「人生在勤，當以力田為先」，為莊園起名為「稼軒」，並自號「稼軒居士」，開始了他中年以後的長期閒居。

欲說還休，天涼好個秋

從這首《西江月・夜行黃沙道中》來看，稼軒貌似挺享受恬淡的農家居士生活：

明月別枝驚鵲，清風半夜鳴蟬。
稻花香裡說豐年，聽取蛙聲一片。

七八個星天外，兩三點雨山前。
舊時茅店社林邊，路轉溪橋忽見。

還有一首類似的農家樂《清平樂・村居》：

茅簷低小，溪上青青草。
醉裡吳音相媚好，白髮誰家翁媼？
大兒鋤豆溪東，中兒正織雞籠。
最喜小兒無賴，溪頭臥剝蓮蓬。

只要對辛棄疾有一定了解，就不會相信他對於現狀真如此淡定。能夠如實反映他內心的，應該是《醜奴兒・書博山道中壁》：

少年不識愁滋味，
愛上層樓，愛上層樓，為賦新詞強說愁。
而今識盡愁滋味，
欲說還休，欲說還休，卻道天涼好個秋。

辛棄疾年輕時「愛上層樓」，登臨建康賞心亭所作的《水龍吟》裡寫到「遙岑遠目，獻愁供恨，玉簪螺髻」，十五年後自己再看卻是「少年不識愁滋味，為賦新詞強說愁」。幼

▲ 辛棄疾做官總做不長，只好罷官歸田，開始未來的閒居。

安之前的詞作中常有「江晚正愁餘」、**「閒愁最苦」**等各種愁，此後的名篇中就不大見得到這個「愁」字了。因為一個成熟的中年人自然會發現，真正深刻的愁緒是難以言傳的，能夠言說的只有天氣這樣的大眾話題。魯迅先生發現有些人交談時的萬應靈藥「今天天氣哈哈哈」，原來發明者正是辛稼軒。

比起建功名，不如先吃飯養身

淳熙九年，因為那船牛皮和辛棄疾不打不相識的朱熹路經上饒，特地登門拜訪。一位是飽讀詩書的大儒，一位是文武雙全的名將，兩人一見之下居然談得甚為投契。朱熹說自己還有一位好友陳亮字同甫（就是給唐仲友下眼藥的那一位），也是當世豪傑，必能與幼安你臭味相投。稼軒哈哈大笑，說陳同甫和我已經很熟了。

原來幾年前的一天，辛棄疾站在樓上眺望發呆，正準備為賦新詞強說愁，只見遠遠一騎飛馳而來。到了一座小橋前，青衣騎士策馬上橋，不料胯下馬兒卻突然頓住不肯上行。騎士三次揚鞭催馬，那馬卻三次向後倒退。那人大怒，在馬上嗖的一聲拔出劍來，揚手一揮就將馬頭斬落，立刻縱身一躍跳在平地，伸手一推，馬身轟然倒地。只見他將長劍插回鞘中，三步並作兩步跨過小橋，健步如飛的朝辛棄疾這邊走來。

目睹這一言不合就殺馬一幕的幼安吃了一驚，立刻派僕人去詢問來者何人，僕人剛剛開門要出去，來者已到門前。原來此人便是陳亮，因為聞得辛棄疾大名，特地來訪。同甫比幼安小三歲，兩人都善寫詞，都是一身好武藝，政治立場上都是主戰派，連剛烈的性情都很相近，自然是一見如故結為知交。

既然辛棄疾、朱熹、陳亮三人之間已是互相點讚的好友，便相約下次建個群組一起聚聚。朱熹告辭之日，稼軒作了一闋《鷓鴣天・送人》：

唱徹《陽關》淚未乾，功名餘事且加餐。
浮天水送無窮樹，帶雨雲埋一半山。
今古恨，幾千般，只應離合是悲歡？
江頭未是風波惡，別有人間行路難！

一曲送行的《陽關三疊》「勸君更盡一杯酒，西出陽關無故人」唱完，惜別的淚水還沒有拭乾。建立功名這種事情都不重要，多吃點飯養好身體才是正經。

從漢代《古詩十九首》第一首《行行重行行》的末尾一句「棄捐勿復道，努力加餐飯」開始，我們的先輩就明白一個道理：**活著確實不是為了吃飯，但只有吃貨才能更好的活著**。「風波惡」出自李白的詩句「橫江欲渡風波惡，一水牽愁萬里長」，很明顯深得辛棄疾和金庸的喜愛（用來當作《天龍八部》人物的名字，喜好打架）。

江頭的浪急風高縱然險惡，還比不過在人間行路的艱難，正如白居易《太行路》詩所言：「行路難，不在山，不在水，只在人情反覆間」，「人生莫作婦人身，百年苦樂由他人」，「不獨人間夫與妻，近代君臣亦如此」。經過南宋官場十幾年的打磨，幼安對此已經有了切身的體會，**皇帝昨天還對他無比信任，今天就有可能聽信讒言疏遠他。**

秀才醉後妄言，引來有心人陷害

天天在家閒得無聊，熱烈期盼朱熹、陳亮結伴來遊的辛棄疾沒有等到人，卻在淳熙十一年收到同甫第二次入獄的壞消息。

原來陳亮少年早慧，飽讀史書兵書，十八歲時就寫了《酌古論》三篇，對韓信、馬援、李靖等古代名將的軍事活動進行點評，被當地婺州知州周葵閱後大為賞識，讚譽為「他日國士」。

周葵當宰相後，將年方二十的陳亮聘為幕僚，各路官員俊傑均為其引見，各種國家大事都與其談論，同甫的見識水準當然一路飆升。隨後他兩次參加科舉，均未考中進士，但仍以布衣身分連續上書，批評秦檜以來，朝廷苟安東南的國策；儒生學士們在此危急存亡之秋，卻拱手端坐空談《大學》、《中庸》儒家「性命之學」的浮誇風氣，言辭懇切震動了孝宗，以至於皇帝計畫將他的上疏榜，貼在朝堂之上警醒大臣，並想給沒有科舉功名的陳亮一個官職。陳亮卻笑道：「我上疏是想為社稷開數百年之基業，哪裡是想用它來換取一官半職呢？」加之藐視朝中權貴，遂渡江歸鄉，每天與好友暢飲。

有一次同甫醉中嬉戲玩角色扮演，他扮成丞相為扮演皇帝的朋友祝壽，被想害他的人跑到刑部去告密。刑部侍郎何澹正是從前在進士考試中，黜落陳亮的考官，同甫因為不服氣而素來對他言辭多有不恭，何澹一直懷恨在心，告密者正是看準了這一點。何澹抓住機會上綱上線，將陳亮抓進大理寺一頓刑訊逼供，拷打得體無完膚，何澹誣陷他圖謀不軌。孝宗知道陳亮入獄後，暗中派人調查，將原委查得清清楚楚。在刑部上交案卷給皇帝奏請批准死刑時，孝宗用御筆一抹，將卷宗擲於地上，冷冷道：「秀才醉後妄言，何罪之有？」何澹聽後嚇出一身冷汗，只好將同甫開釋。

淳熙十一年，陳家僮僕殺人，而死者恰恰曾經侮辱過陳亮的父親，死者家屬懷疑此事為陳亮主使而告官，因為情節嚴重他再次被關進了大理寺。辛棄疾聽說後，動用關係大力營救。宰相王淮心知孝宗的態度，審理後得出結論此案與同甫無關，終得無罪釋放。

英雄再聚少一人，朱熹政治正確圖保身

王淮是位愛才的宰相，他在淳熙十四年、也就是辛棄疾被王藺彈劾免職閒居六年後，打算建議孝宗重新起用幼安，卻遭到了另一位宰相周必大的反對，說如果起用此人的話，那

些他所殺的人命就都要由我們來負責了。在這裡我們看到幼安不得不承擔當年殺降的後果。

王淮無可奈何，但還是向皇帝建議：一旦國家有危急，像辛棄疾這樣的帥才必能派上用場。於是孝宗給稼軒安排了一個主管武夷山沖佑觀的名號。宋朝崇奉道教，作為宗教活動中心的宮觀主管地位比較高，一般作為領薪水的閒職，用來養那些快要到退休年齡的官員，以及被彈劾排擠的官員。一旦國家有事，這些官員很快就能復出。陸游、朱熹、葉適都曾經主管沖佑觀。不管怎麼說，辛棄疾又恢復了政府高級幹部的身分，卻依然在家裡閒居，這種只領工資不必幹活的職業，倒是我們今天許多人的夢想，但要記得這歷來都是公務員隊伍才可能享有的福利。

淳熙十五年的冬天，陳亮從家鄉永康出發，頂風冒雪跋涉六百多里路到了上饒，來赴與辛棄疾、朱熹定下的三人之約。當時四十九歲的稼軒正在病中，四十六歲的陳亮帶著一股朝氣闖了進來，每天飲酒高歌談論時事，滿腔熱血的分析宋金之間的戰爭策略，到了半夜說得興起，同甫還拔劍起舞，這麼一嗨，結果幼安的病不知不覺中就好了。

兩人在鵝湖盤桓了幾天後，一起南下到靠近福建的紫溪去等朱熹。此地離朱熹居住的崇安只有一百多里，但他最終卻爽約沒有來。按照朱老夫子事後寫給陳亮的信中解釋，他突然變得只想在山裡讀書隱居，不想出來討論政事。此時朝中當紅的是周必大和王藺，一位是當年彈劾辛棄疾罷職的，一位是去年阻止辛棄疾復起的，都是幼安的政治對手，卻與朱熹關係很好，被人稱為「道學」一黨。

朱熹可能是擔心和稼軒走得太近，引起兩位大佬的誤會吧。至於朱熹是不是真的甘於淡泊無心仕途，從他一年之後即出任知潭州可以揣摩出來。

但朱熹的爽約看來對辛棄疾和陳亮的興致影響不大，他倆都是軍事地理的行家，熱烈討論的都是行軍打仗的具體策略，不是朱熹那種「王霸義利」、「性命之學」之類漫無邊際的話題。

稼軒硬語盤空，陳亮買犁賣劍

兩人歡聚十天後，陳亮告辭而回。剛走第二天，空虛寂寞的辛棄疾想想不對，人生難得一知己，咱倆都是閒居不用打考勤之人，你回鄉又沒有什麼正事要做，不如再和我混幾天呢，就駕起車馬抄小道去追，結果被天降大雪擋路未能追上，只得失望的作了一闋《賀新郎》寄給同甫。陳亮到家後收到來信，和了一首《賀新郎》寄回。稼軒讀後又和了一首，這就是著名的《賀新郎・同甫見和再用前韻》：

老大那堪說？似而今，元龍臭味，孟公瓜葛。
我病君來高歌飲，驚散樓頭飛雪。笑富貴千鈞如髮。
硬語盤空誰來聽？記當時只有西窗月。

重進酒，換鳴瑟。

事無兩樣人心別。問渠儂：神州畢竟，幾番離合？
汗血鹽車無人顧，千里空收駿骨。正目斷關河路絕。
我最憐君中宵舞，道男兒到死心如鐵。
看試手，補天裂！

首句英雄坐老的慨嘆，基本是絕大多數辛詞的基調。接著連用兩位與陳亮同姓名人的典故。第一位是前文中提到的陳元龍，他看不起求田問舍的許汜，期待志同道合的好友。第二位是西漢陳遵（字孟公），他豪飲好客到一個地步，總是等到賓客滿堂後便關上大門，並令下人將來賓的車轄（車軸兩端固定的鍵銷）統統拔下來投入井中，這樣客人即使有急事也無法中途離開酒席，辛棄疾對陳亮的熱情便是如此。

辛、陳兩人剛直狂放，「硬語盤空」，一腔熱血一身本事卻無用武之地。當年伯樂在太行山腳下看到一匹千里馬，被粗蠢的主人當作老牛用來拉鹽車爬山，忍不住抱著牠流淚；如今你我這樣的汗血寶馬拉著鹽車也沒人看上一眼。

燕昭王心憂燕國偏遠弱小，一心想招攬人才，但大家都懷疑他是葉公好龍，並非真的求賢若渴。老臣郭隗給燕王講了一個段子：古代有位國君喜歡千里馬，願意用千金之價去購買，上天入地找了三年，連一根馬鬃毛也沒買到。

有位近臣求得這個差使，出去三個月，好不容易找到一匹千里馬卻剛剛病死，就出五百金將馬頭買了回來。國君大怒說：「我要的是活馬，而不是死馬骨頭。」近臣回答：「等天下人都知道您連死馬都願意出五百金，還用擔心買不到活馬嗎？」果然一年之內就有三匹千里馬被人主動獻上門。昭王聽懂了段子的涵義，造了黃金臺來把這行將就木的老傢伙，當馬骨頭供起來。

那些感覺自己比郭隗強太多的年輕能人們，自然興趣大漲，沒多久就引發了「士爭湊燕」的可喜局面，其中包括來自魏國的軍事家樂毅。原本落後的燕國一下子人才濟濟，從此迅速強盛。樂毅率領被人輕視的燕國軍隊，把強大的世仇齊國打得奄奄一息，只剩下兩座城池，齊國遭此重創幾乎滅亡。

但如今的執政官們不過是空談愛惜人才，我們這兩匹寶馬被晾在邊上一天天老去。縱然如此，同甫你依然有夜半拔劍起舞的豪情，有「男兒到死心如鐵」的堅韌，有「看試手，補天裂」的自信，真是令我嘆賞！

一年之後，陳亮用此韻又和了一闋《賀新郎・懷辛幼安用前韻》：

話殺渾閒說。不成教，齊民也解，為伊為葛？
樽酒相逢成二老，卻憶去年風雪。新著了幾莖華髮。

百世尋人猶接踵，嘆只今兩地三人月！
寫舊恨，向誰瑟？
男兒何用傷離別？況古來，幾番際會，風從雲合。
千里情親長晤對，妙體本心次骨。臥百尺高樓斗絕。
天下適安耕且老，看買犁賣劍平家鐵。
壯士淚，肺肝裂！

去年咱倆聊了那麼多話都是白說，伊尹、諸葛亮那樣的大事業只有在位者才可能實施，難道是我等平民百姓或賦閒官員能做的嗎？《戰國策》中說「千里而一士，是比肩而立；百世而一聖，若隨踵而至也」，人生遇一知音同樣如此難得，可嘆如今卻分散兩地，各自像李白一樣孤零零「舉杯邀明月，對影成三人」。還好男兒豪情不必傷離別，只要情分深厚，縱使相隔千里也如終日相對，能夠細緻入微的體察對方的本心。如今天下苟安，大家都打算耕田終老，把刀劍賣了去買犁鋤之類平民使用的鐵器，看不到潛藏的內憂外患，怎能不使為國事憂心的有識壯士焦急流淚、肺肝俱裂？

辛棄疾收到此詞，終於沒有再用《賀新郎》來繼續和下去了，而是換了一個詞牌，這便是千古名篇《破陣子·為陳同甫賦壯詞以寄之》：

醉裡挑燈看劍，夢回吹角連營。
八百里分麾下炙，五十弦翻塞外聲。沙場秋點兵。
馬作的盧飛快，弓如霹靂弦驚。
了卻君王天下事，贏得生前身後名。可憐白髮生！

大醉之後仍要挑燈看劍，嘆息這寶劍如同主人一樣英雄無用武之地；當年吹角連營激情燃燒的歲月，如今只能夢回，夢醒後還在平靜如水的鄉村。一方面體現了幼安心心念念魂牽夢縈著疆場報國的機會，另一方面也折射出理想與現實的距離令人無可奈何。

東晉大臣王愷（就是曾和石崇鬥富那位）是晉武帝司馬炎的舅舅，有一頭愛牛名為「八百里駁」；辛棄疾帶兵之時，連這種等級的好牛也毫不心疼的牽出來宰了，搞一頓燒烤以饗將士以養軍心。秋高馬肥軍樂雄壯，沙場點兵意氣昂揚。

劉備當年在荊州被人追殺，逃跑時陷於襄陽城西檀溪中，他情急一聲大呼，胯下的盧馬一躍三丈跳上溪岸甩掉了追兵；幼安的戰馬如的盧般神駿，弓弦響時如霹靂般震耳，本想憑藉這一身本領，為君王完成恢復中原的大業，為自己贏得生前身後的榮耀名聲，可惜壯志還未來得及伸展，就已經兩鬢斑白了。

前九句大氣磅礴逸興橫飛，被最末一句五個字全部打翻在地，豈不哀哉！梁啟超先生

▲ 辛棄疾只能在夢裡疆場報國，顯示出理想與現實的距離。

評論此詞：「無限感慨！哀同甫，亦自哀也。」辛棄疾和陳亮的關係這麼好，正是因為同病相憐。

精神病者出的題，由偏執狂滿分回答

紹熙元年，宋光宗趙惇剛剛接了老爸的班，走上皇帝崗位沒多久，倒楣的陳亮就第三次入獄了。這次是參加同鄉宴會時，有人喜歡重口味，所以在肉裡放了過多胡椒末，一位赴宴者一頓暴飲暴食後，回家就暴死了，臨死前懷疑是同座的陳亮下毒。看來同甫在家鄉的人緣實在是不怎麼樣。

總之，他第三次因為重罪嫌疑被抓進大理寺，又是遭受嚴刑拷打，古人審案基本就是靠刑訊逼供。因為賞識陳亮的孝宗已經退居二線，幾乎所有人都認為同甫必死無疑。但這次是另一位貴人大理寺少卿鄭汝諧，看了陳亮的辯詞後，驚嘆為「天下奇才」，在光宗面前力言同甫無罪，被關押年餘之後終於得以釋放。

大難不死，必有後福。紹熙四年，年已半百的陳亮第四次參加科考，沒想到遭遇了極其詭異的考題。原來此時光宗已經罹患精神疾病，長時間不去重華宮給太上皇孝宗請安，父子關係十分緊張。對於這個問題，朝野輿論鮮明的一邊倒，大臣們紛紛上書請求皇帝按時朝拜太上皇，以盡孝道。

憤怒中年光宗便將當年殿試考題定為「皇帝該不該去朝拜重華宮」。其他考生一看，這還能有什麼疑義嗎？挽起袖子就從父慈子孝的道學角度，長篇大論的證明一個字「該」。陳亮大概科舉接連失利對此已經不抱希望，乾脆破罐破摔，獨闢蹊徑的寫：作為皇帝的本職工作是要將天下治理好，對本屆天子而言就是收復失地告慰祖宗，至於是否按期朝拜已經退休的太上皇這種面子活兒，根本就不重要嘛。

這倒不是同甫曲意逢迎，他一貫就是這種務實的功利主義思想，認為唐太宗把自己的親生父親逼得退位，也沒妨礙其當個好皇帝，根本不是儒家的傳統套路。

在我們正常人看來，皇帝每年去朝拜太上皇不過區區四次，怎麼可能礙著他好好治理天下呢？但光宗出了這個精神病考題，看了陳亮那份偏執狂答卷，正是一拍即合，**大悅之下欽點陳亮為今科狀元**。筆者不是說陳亮的才學不配奪魁，但他中狀元的這個路徑很不科學，完全是個極小概率事件，這種另類的成功別人可無法複製。興奮之極的同甫回鄉報喜，順便料理家事準備赴任建康簽判，卻因一場急病（可能是腦溢血之類）突然逝世。這真是禍兮福之所倚，福兮禍之所伏。

辛棄疾聞訊長歌當哭，在《祭陳同甫文》中寫道：「今同甫發策大廷，天子親宣之第一，是不憂其不用。以同甫之才與志，天下之事孰不可為？所不能自為者，天靳之年！閩浙相望，音問未絕，子胡一病，速與我訣！」他漫步在曾經與陳亮同遊的鵝湖之畔，想到斯人已逝，從此後世間再無能與自己「長歌相答，極論世事」的知音，悲不自勝大病一場，痊癒之後寫下一篇《鷓鴣天》：

枕簟溪堂冷欲秋，斷雲依水晚來收。
紅蓮相倚渾如醉，白鳥無言定自愁。
書咄咄，且休休，一丘一壑也風流。
不知筋力衰多少，但覺新來懶上樓。

東晉的殷浩名氣很大，但率兵北伐一敗塗地，罷職閒居後每天用手指在空中書寫「咄咄怪事」四字，既抒發了鬱悶之情又節省紙墨，很是環保。晚唐司空圖在中條山建了一個休休亭，表達自己一意退休的意願。稼軒覺得，與其像殷浩那樣咄咄書空發洩怨氣，還不如像司空圖那樣在美好的山林丘壑中休閒隱居。但隨著朝廷政局的變化，紹熙三年至紹熙五年之間，年過半百的辛棄疾又先後被任命為福建提點刑獄和福建安撫使。

第三十三章

為何生子當如孫仲謀？稼軒曰：去問曹劉

福建面朝大海但不只有春暖花開，更有海盜為患；另外人多地少，年成不好時就得辛苦跑到兩廣去高價買糧。和之前的為官風格一樣，幼安上任就殫精竭慮的幹實事。

寫詞愛用典，句句有故事

首先是安靜養民，一年之後積攢了五十萬緡財政收入，建了一個「備安庫」，作為用來維護地方安定的專項資金。辛棄疾一方面趁著連年豐收，在秋季米價便宜時用這筆錢購入兩萬石作為存糧，再遇上荒年就有備無患了；另一方面計畫打造一萬副鎧甲，招募強壯的青年補齊部隊的編制，嚴加訓練以預防海盜。

和之前的為官遭遇一樣，辛大人施政剛剛取得一點績效，又被御史彈劾「備安庫」的資金管理有問題而免職。宋明兩朝的言官常常**自命清高，自己沒幹什麼正事，把別人幹的正事耽誤掉**的還不少。

宋寧宗慶元二年，在家又閒居兩年悶悶不樂的稼軒，居然被一點餘燼引起的火災燒盡了帶湖農莊，只好舉家移居瓢泉，真是屋漏偏逢連夜雨。在贈給堂弟辛茂嘉的一首《賀新郎・別茂嘉十二弟》中，盡顯了他蒼涼的心態：

綠樹聽鵜鴂，更那堪，鷓鴣聲住，杜鵑聲切。

啼到春歸無尋處，苦恨芳菲都歇。算未抵人間離別。
馬上琵琶關塞黑，更長門翠輦辭金闕。
看燕燕，送歸妾。

將軍百戰身名裂。向河梁，回頭萬里，故人長絕。
易水蕭蕭西風冷，滿座衣冠似雪。正壯士悲歌未徹。
啼鳥還知如許恨，料不啼清淚長啼血。
誰共我，醉明月。

在辛棄疾之前的詞人用典都不多，一首詞裡嵌一、兩個典故，起到點綴作用，連一個都沒有的也很常見。但稼軒幾乎無典不成詞，而且一用就是一長串。比如這首，先用三種叫聲悲涼的鳥兒起興：阮籍的《詠懷》裡有「鳴雁飛南征，鶗鴂（按：音同提決）發哀音」之句；鷓鴣叫聲好似「行不得也哥哥」，而且白居易說它「啼到曉，唯能愁北人，南人慣聞如不聞」；杜鵑聲聲則好似「不如歸去」。這些小鳥都一副很慘的樣子，然而和人間的離別比起來又算得了什麼？

接下來他羅列古代著名的離別典故：王昭君出塞辭家國，蒼茫夜色之中越走離中原越遠，想到此生再也無望重返故土，琵琶聲哀能落雁；陳皇后失寵，被翠輦送去長門宮幽居，回首金闕，心知再難見到端坐其中的結髮丈夫劉徹；李陵「五千貂錦喪胡塵」而降匈奴，後來送別北海牧羊十九年的蘇武歸漢時，「攜手上河梁」、「長當從此別」，想到自己百死血戰卻在故國已然身敗名裂；荊軻入秦刺嬴政，滿座送別的人心知其此去必死，都穿一身白衣好似提前舉行喪儀一般。鳥兒啊，如果你們能理解人間的離別，恐怕不再啼淚而是啼血。

詞都快寫完了，還沒提到被送別的主人公辛茂嘉一個字，實在不好意思，最後急匆匆來了句「你走以後，還有誰能與我在明月下共醉呢」，這位十二弟完全成了打醬油的。

《人間詞話》裡評論：「稼軒《賀新郎》詞送茂嘉十二弟，章法絕妙，且語語有境界，此能品而幾於神者。然非有意為之，故後人不能學也。」這是客氣，或者說是偏愛。雖然這種密集用典的方式特別招筆者喜歡，但還是不得不將王國維先生的意思翻譯一下：稼軒這種搞法，那叫「厚積薄發」；要是別人也學著這麼搞，那叫「堆砌典故」。但確實有人對辛棄疾這種風格當面表達了不以為然。

不知典故，讀了也被感動

嘉泰三年，韓侂胄開始為北伐做前期準備，而起用主戰派人士，六十三歲的辛棄疾被任命為知紹興府兼浙東安撫使，第二年轉為更靠近前線的知鎮江府。開禧元年的一個春日，稼軒在北固山上的北固亭宴請賓客同僚，席間令歌姬演唱自己的詞作以助酒興，先來了一首幾年前的舊作《賀新郎》：

甚矣吾衰矣。悵平生、交遊零落，只今餘幾。
白髮空垂三千丈，一笑人間萬事。問何物、能令公喜？
我見青山多嫵媚，料青山見我應如是。
情與貌，略相似。

一尊搔首東窗裡。想淵明《停雲》詩就，此時風味。
江左沉酣求名者，豈識濁醪妙理。回首叫、雲飛風起。
不恨古人吾不見，恨古人不見吾狂耳。
知我者，二三子。

《論語》中子曾經曰過：「甚矣，吾衰也！久矣，吾不復夢見周公。」看來夫子年輕時經常做夢，衰老以後睡眠就不太好了，這是自然規律。子又曾經曰過：「二三子以我為隱乎？」意即你們幾個臭小子以為老師我有什麼東西藏著、掖（按：音同耶，即塞、藏）著嗎？詞中另有兩句，出自李白《秋浦歌》「白髮三千丈」和漢高祖劉邦《大風歌》「大風起兮雲飛揚」，可算入門級題目。《世說新語》記載，郗超、王恂深得大司馬桓溫的親信，

「能令公喜、能令公怒」。南朝齊的張融擅長草書，齊高帝蕭道成對他說：「愛卿的書法很有骨力，可惜沒有二王（王羲之、王獻之）的筆法。」張融答道：「陛下不應可惜臣沒有二王的筆法，應該可惜二王沒有臣的筆法。」從這段傲嬌的對話中，可以說明我們理解他的著名狂言「不恨我不見古人，所恨古人不見我」。

一般情況下典故是為詩詞畫龍點睛的，如果我們不知道該典故的來歷，就很難正確理解作者想要表達的含義。但辛棄疾在這首詞中的用典卻另闢蹊徑，直接使用原字的意思，即使人們不知道這裡藏了一個典故，讀起來也通暢順遂、毫無違和感，而了解出處的人更能夠會心一笑。似乎他的腦海中充滿了古書，所以寫詞時，在需要的地方可信手拈來古人之言，並不著痕跡的融合在詞中，直達「無一字無來歷」的境界。這不但要求博聞強記，而且要求對文字的使用能力出神入化，古往今來用這種方式寫詩歌的，似乎只有稼軒一人而已。

一曲既罷，幼安拍腿大笑，高聲吟道：「我見青山多嫵媚，料青山見我應如是……不恨古人吾不見，恨古人不見吾狂耳！」四顧座上賓客問道：「諸公以為拙作如何？」眾人皆交口讚譽。辛大人興致更高，舉杯一飲而盡，再命歌姬：「將我近日新填的那闋《永遇樂》唱來！」只聽得絲竹又響，稼軒擊掌打起節拍，歌姬高聲唱出了千古名篇《永遇樂・京口北固亭懷古》：

千古江山，英雄無覓，孫仲謀處。

舞榭歌臺，風流總被雨打風吹去。
斜陽草樹，尋常巷陌，人道寄奴曾住（寄奴，劉裕小名）。
想當年，金戈鐵馬，氣吞萬里如虎！

元嘉草草，封狼居胥，贏得倉皇北顧（劉裕之子北伐失敗）。
四十三年，望中猶記，烽火揚州路。
可堪回首，佛狸祠下，一片神鴉社鼓。
憑誰問，廉頗老矣，尚能飯否？

改人文章，岳珂吃力不討好

等到女子收了歌聲，眾人還沉浸其中，未能回過神來。辛棄疾又問：「各位以為這闋如何？」一滿座又是眾口一詞：「辛公此詞已臻化境（按：臻，到達；化境，奇妙的境界。即指辛棄疾的詞已到達出神入化的地步了）！」這次幼安不肯輕易放過了：「此乃余新作，尚未及煉字，必有瑕疵！」從身邊挨個問過來，一定要大家來找茬。

說實話，這真是有點強人所難，普天下有幾人能給稼軒的詞指出缺點呢？但一味謙遜是過不了關的，被點名問到的賓客只好硬著頭皮，指出某一、兩個字詞不是特別妥帖，辛棄疾又不接話，顯然對此意見不以為然，繼續輕搖羽扇左顧右盼，盤算下一個要點到誰。他眼光掃過之處，眾人紛紛抬頭看白雲或低頭啃雞腿，避之唯恐不及。幼安輕嘆一聲，想順應人心換個話題，就在此時，末席上一位年輕人突然開口：「待制（辛棄疾當時加寶謨閣待制之銜）的詞句，已經超出了古代今人的舊範疇，我這個幼稚無知的晚輩怎敢妄加議論？但是，我要說但是，如果待制想仿效范文正公，以千金求嚴子陵祠堂記一字之易的佳話，則晚輩確實尚有話可說。」

《不讀宋詞，日子怎過得淋漓盡致（北宋篇）》曾經提到，范仲淹在睦州任職時興建了嚴子陵祠堂，並為其寫了一篇記準備刻於石上，末尾四句為：「雲山蒼蒼，江水泱泱，先生之德，山高水長。」希文對此記很是滿意，又想精益求精，便學習呂不韋，宣稱若有人能改動其中的一個字，願以千金為謝。

想賺這筆錢的人很多，但仔細讀完後都覺得文章字斟句酌，寫得已是滴水不漏。范仲淹將稿子拿給忘年交李覯看。李覯，字泰伯，就是寫出「人言落日是天涯，望極天涯不見家」的那位「理學開宗」，有個學生是「唐宋八大家」之一的曾鞏。

李覯讀了一遍讚嘆不已，又朗聲連讀了兩遍，站起身來說道：「范公此文一出，必將傳揚於世。在下愚妄，建議改動一個字，以成其盡善盡美。」范仲淹吃了一驚，抓住他的手追問：「哪個字？改哪個字？」泰伯回答：「『雲山、江水』一句，其詞其意都很廣大。用『德』字承接其後，好像有點狹隘侷促了，如果換成『風』字如何？」

希文一想，端坐著不停點頭，幾乎要給比自己小二十歲的李覯下拜！這就是我們今天看到的文章結尾：「雲山蒼蒼，江水泱泱；先生之風，山高水長。」那些不能領會「風」字比「德」字在涵義和氣勢上更勝在何處的人，去學文科專業大概是沒什麼前途的。

北固亭上眾人聽得有人自比一字千金的李泰伯，心中都吃了一驚，趕快轉頭看看是哪個黃口小兒這麼不知天高地厚，原來是擔任承務郎監鎮江府戶部大軍倉的岳珂，此人的父親是放嚴蕊生路的岳霖，祖父自然就是名垂宇宙的岳武穆了。辛棄疾大喜，起身跑到岳珂座位邊與他促膝而坐：「公子有何高見，快快請講！」

岳珂當即侃侃而談：「前篇《賀新郎》豪視一世，唯獨兩條警句『我見青山多嫵媚，料青山見我應如是』與『不恨古人吾不見，恨古人不見吾狂耳』在句法上稍有雷同之處。新作《永遇樂》感覺用典略多了些。」稼軒大喜，親自為岳珂斟滿一杯酒：「公子所指出的，正是我的老毛病。」隨後不斷修繕這兩首詞，每天改動幾十次，改了數月都沒有定稿。

這個故事記載在岳珂的隨筆《桯（按：音同聽）史》中，不難看出作者有點自吹自擂的嫌疑。岳珂在嘉興金陀坊編寫的《金陀粹編》為祖父岳飛鳴冤，其文風也同樣被人質疑有點誇張。

事實上，辛棄疾在這首詞中的用典件件緊扣主題，雖多而不亂。東吳開國皇帝孫權當年為了抗曹，將治所從遠離前線的吳郡前移到鎮江，聽了喬國老唱的一段「龍鳳呈祥」後，又在北固山上的甘露寺招親劉備，奠定三國鼎立之勢。生於鎮江的南朝宋開國皇帝劉裕小字寄奴，北伐攻滅少數民族政權南燕和後秦，收復淪陷多年的長安和洛陽。然而在歷史長河的雨打風吹中，這樣金戈鐵馬，氣吞萬里如虎的英雄也無處尋覓了。

自比廉頗，嘆皇上也像趙王

西漢霍去病率鐵騎大破匈奴，在狼居胥山舉行祭天封禮。經此一戰，匈奴喪膽遠遁，「漠南無王庭」，從此「封狼居胥」代表漢人戰勝北方遊牧民族的赫赫武功。

劉裕之子皇二代宋文帝劉義隆聽大將王玄謨陳說北伐策略，以為那是輕鬆愉快的事情，被忽悠得「使人有封狼居胥意」，於元嘉二十七年以其為先鋒，在沒有準備充分的情況下便草率發動北伐。然而幻想與現實的差距太大，北魏太武帝拓跋燾（按：音同濤）大敗宋軍，並兵分五路大舉南下，直抵揚州飲馬長江，嚇得劉義隆在建康倉皇登上幕府山北望，想看看敵人前鋒已到何處。

北方敵人的囂張不是一次兩次，四十三年前金主完顏亮也率兵打到揚州，幼安親身經歷那場破壞巨大的戰爭烽火，至今記憶猶新。「佛（按：音同必）狸」是一種狐狸，拓跋嗣給兒子拓跋燾用作小名，類似於漢人給兒子起個小名叫「阿狗」。當年拓跋燾在長江北岸瓜步山建了一個行宮，以威懾南朝，到如今早已演變成祭神的廟堂「佛狸祠」，當地老百姓只知道什麼神祇都拜拜尋求保佑，祭祀時有陣陣慶祝節目的鼓聲喧鬧、偷吃祭品的烏鴉聒噪，哪裡懂得這個建築，是被北方遊牧民族打到南方來耀武揚威的羞辱標誌，原本不堪回首？

在下半闋中，明顯可以看出稼軒用元嘉北伐失利之事，對韓侂胄即將開始的北伐是否謀定而後動滿懷憂慮。

雖然知道北伐艱難，辛棄疾依然用了一個廉頗的典故來毛遂自薦。廉頗年老的時候，趙王面臨秦國日益巨大的壓力，而自己手中無大將可用，便派了一個使者去探望客居魏國的廉頗，想看看他是否還能夠領兵打仗。趙王的寵臣郭開和廉頗有過節，生怕廉頗回國對自己不利，便重賄使者讓他說壞話。

廉頗看到中組部的考察代表來了，自然很激動，當場一頓飯就吃了一斗米、十斤肉，又穿起厚重的盔甲騎上馬跑了一圈，顯示自己老當益壯。使者回報趙王：「廉將軍雖老，飯量尚好，吃個老母豬不抬頭。然而與臣吃這一頓飯的功夫，上了三趟衛生間。」這使者學過韋小寶的撒謊祕笈，把假話摻在真話裡說。趙王一聽，心想兩軍陣前還有時間給你跑廁所嗎，那是老不堪用，這事兒就被攪黃了。

郭開後來收受秦國的賄賂，又在趙王面前用讒言害死了李牧。戰國四大名將，趙國廉頗、李牧占了一半名額，卻皆毀於郭開一人之手。趙王信用這樣的小人，國家不亡何待？

稼軒時年已經六十五歲，仍然壯心不已，高調吸引注意：朝廷中是否會有人像關心「廉頗老矣，尚能飯否」那樣，考慮用老夫我領兵北伐呢？

生子當如孫仲謀，吾皇卻讓舉國羞

別人詞中用典，可能給我們「有它不多、沒它不少」的修飾感，但這闋《永遇樂》則讓我們感覺每個典故都像是一件錦繡織品上，不可缺少的花紋，用典之多、之貼切在《全宋詞》中是最突出的。所以楊慎在《詞品》中說：「辛詞當以京口北固亭懷古《永遇樂》為第一。」岳珂譏其用典多，不過是二十二歲年輕人的自以為是罷了。

北固山形勢險固雄視長江，文人墨客登臨之下很容易憑高北顧撫今追昔，四十年前陸游在此就寫下了《水調歌頭・多景樓》。稼軒非常喜歡北固亭，在這裡留下了另一篇名作《南鄉子・登京口北固亭有懷》：

何處望神州？滿眼風光北固樓。
千古興亡多少事？悠悠。不盡長江滾滾流。
年少萬兜鍪，坐斷東南戰未休。
天下英雄誰敵手？曹劉。生子當如孫仲謀。

在青梅煮酒論英雄的環節中，曹丞相對寄人籬下的落魄劉皇叔說「天下英雄，唯使君與操耳」，連小霸王孫策都被貶為「藉父之名，非英雄也」。

其實孫策才是一手打下江東六郡八十一州的真正開創基業者，他未能登上曹操、劉備那個等級的問題不在於「藉父之名」，而是因為性格輕率浮躁，正如曹操的頭牌謀士郭嘉所預言：

「孫伯符剛剛併有江東之地，一路所殺的都是那些能夠讓人效死力的英雄豪傑，應該加強安保工作防止刺客報仇。然而他輕率無防備，即使手下統率百萬之眾，與獨行中原也沒什麼兩樣。如果遇到刺客突然伏擊，他不過是一人之敵罷了。依我看來，孫伯符必將死於無名小卒之手。」

果然過了沒多久，孫策在打獵時飛馬甩掉了親兵護衛，孤身遇上之前所殺的吳郡太守許貢的三位門客，面頰中箭傷重而亡。郭嘉在此事中的表現不像是一位謀士，倒像是一位妖異的算命先生。

孫權十八歲便繼承父兄基業，「年少萬兜鍪（按：音同謀，士兵）」，成為保有江東的一方諸侯；二十六歲時力排投降派的眾議，在赤壁大破剛剛拿下荊州氣勢沖天的曹軍。五年後元氣恢復的曹操又率四十萬大軍南下，孫權以七萬精兵在濡須口抗擊一個多月，曹丞相在兩軍陣前看見孫權麾下的將士嚴明整肅，不禁脫口嘆道：「生子當如孫仲謀！劉景升（劉表）兒子若豚犬耳。」曹操與孫堅、劉表是同一代人，劉表的兒子劉琮望風歸降自己，而孫權卻成為自己無法戰勝的勁敵，兩相對比之下那是判若雲泥。

其實曹操這句話有點謙虛，因為他的兒子們也很強悍：曹丕和孫權一樣是開國皇帝；曹植才高八斗，是後世文人如謝靈運、李白的偶像，這哥倆繼承了父親的文字天賦，「三曹」成為建安文學的代表人物；另外，曹操的庶子曹沖則有奧數天賦，會用巧妙的方法稱大象。

雖然孫權的功業事實上比起幾乎算白手起家的曹操、劉備來說，都要稍微遜色一些，但稼軒用「天下英雄誰敵手，曹劉」來襯托他的高大形象，無疑是在給同樣「坐斷東南」的宋寧宗樹立榜樣。

孫權最進取的業績，就是收拾了三國第一名將武聖關羽。關二爺當時剛剛以三分之一個荊州的實力，把曹姓第一名將曹仁打得縮在樊城龜不出頭，水淹七軍活捉了來救樊城的曹魏外姓「五子良將（按：五位曹魏將領的合稱，包括張遼、樂進、于禁、張郃及徐晃）」之首于禁，斬殺西涼猛將龐德，史書形容「威震華夏」，逼得曹操打算從許昌遷都「以避其銳」，正立於人生的巔峰。

孫權攻殺關羽，就是為了搶下荊州那塊兵家必爭之地，他作為割據政權的首腦，尚且一心進取擴大版圖；我大宋作為中華正朔，難道好意思就這麼偏安江南不圖恢復？陛下您與歷史人物自比一下，覺得是像年少英雄的孫權呢，還是像庸庸懦懦的劉琮呢？

這些話沒有明說，也不能明說，但通過作者對孫權的推崇就能讀出如上的潛臺詞，這正是詩歌的藝術性所在。

第三十四章

有心殺敵，無門報國，治軍預言，條條應驗

雖然稼軒是歷史上數一數二的偉大詞人，但作詞無疑只是業餘的興趣與愛好。他到任鎮江後一直在做腳踏實地的情報準備工作，對金軍的實力有清醒的認識，而非朝廷執政者那種盲目樂觀。

治軍四策大預言，十年後條條應驗

幼安提出了四點建議：

第一，招兵要擇。那些經過「符離之敗」一觸即潰的老兵都被金兵嚇怕了，患有恐金症，只能「列屯江上、以壯國威」，用以搖旗吶喊虛張聲勢而已；真正北伐作戰，必須從邊境地區招募從小習武、騎馬、已經習慣與金兵廝殺的壯士，辛棄疾甚至已經為他們提前縫製好一萬領紅色戰衣。

第二，兵屯要分。新的部隊和老部隊分開駐紮，免得被老兵油子（按：北平方言，指經驗老到、處事滑頭的人）們傳染各種惡習，「不幸有警則彼此相持莫肯先進，一有微功則彼此交奪反戈自戕，豈暇向敵哉」。

第三，軍勢要張。「淮之東西分為二屯，每屯必得二萬人乃能成軍。淮東則於山陽，淮西則於安豐。擇依山或阻水之地而為之屯，令其老幼悉歸其中，使無反顧之慮，然後新其將帥，嚴其教閱，使勢合而氣震，固將有不戰而自屈者」，軍事部署互相呼應支援，威懾牽制金兵。

第四，諜候要明。重視情報斥候工作，知己知彼方能百戰百勝。辛棄疾曾對時任建康府教授的好友程珌說：「情報人員是軍隊的耳目，戰爭的勝負與國家的安危都繫於他們。現在有關部門每年按政策只給他們區區幾兩銀子、幾匹粗布，就想讓人家冒著生命危險深入敵後去刺探敵國的一舉一動，哪有這樣做事的道理？」

說著從懷中取出一張一尺見方的錦緞地圖，只見上面密密麻麻的將金國的軍力分布、駐防地點、將領姓名、後勤倉庫等重要資訊標注得一清二楚：「為了做出這張圖，我已經花費四千緡了。我每派出一個間諜，都會另外再派一個，用他們匯報的情況相互比對，使之無法欺瞞。北方之地，本來也是我少年時經行的，他們也不敢對我信口開河。金人目前依然兵強馬壯，北伐之事當謹慎謀畫，豈可掉以輕心？」

然而韓侂冑自以為勝券在握，並不重視幼安的意見。開禧元年六月，宋寧宗「詔內外諸軍，密為行軍之計」準備開戰的同時，辛棄疾卻從前線的知鎮江府調任後方的知隆興府，還沒到任就又被諫官彈劾免職，直接打回了江西老家。

從前是朝廷無意北伐，稼軒在辛苦等待機會，縱然年過花甲，心中依然尚存一線為國建功的希望。如今終於大舉北伐在即，自己熱心準備了多年，到頭來卻只能做一個遠遠的觀眾，他的傷心失望不問可知。閒居時有一位仍然熱心功名事業的客人來訪，一番談論後看破世情的稼軒寫下了《鷓鴣天》（有客慨然談功名，因追念少年時事，戲作）：

壯歲旌旗擁萬夫，錦襜突騎渡江初。
燕兵夜娖銀胡䩮，漢箭朝飛金僕姑（按：娖音同啜；䩮音同路）。

追往事，嘆今吾，春風不染白髭鬚。
卻將萬字平戎策，換得東家種樹書。

老夫年輕的時候曾統領上萬雄兵，戰陣之前旌旗獵獵招展。在率領身著織錦戰袍的精銳騎兵部隊殺出金國統治區渡江南歸之時，金兵半夜三更提心吊膽的枕著銀色箭袋睡覺，生怕被偷襲，我們卻偏偏出其不意在凌晨用箭雨發動突擊。那激情燃燒的歲月回憶起來，真是令人熱血沸騰。

然而好漢不提當年勇，看看老夫如今的樣子，只能感嘆歲月是把殺豬刀。春風能綠江南岸，卻再也不能將變白的鬍鬚染黑。最是人間留不住，朱顏辭鏡花辭樹。殫精竭慮寫成的萬字平戎之策《美芹十論》、《九議》等，現在看來毫無價值，罷罷罷，還不如拿去向東邊的鄰居家換點植樹手冊，安心務農了此殘生。此詞可算是準確總結了稼軒的一生際遇：有心殺敵，無門報國。

開禧二年，自我感覺良好的宋寧宗和韓侂胄貿然發動北伐，但宋兵正如辛棄疾所擔憂的那樣，再次一觸即潰。金國乘勝兵分九路南侵，直抵長江北岸，江南大震。幼安《永遇樂》中描繪的「元嘉草草，封狼居胥，贏得倉皇北顧」果然重演。

十多年後，程珌在給宋寧宗的上疏中，如此總結開禧北伐的慘痛後果和失敗原因：「一出塗地，不可收拾。百年來供養訓練的軍隊，一日而潰；百年來打造修理的器械，一日而散；百年來公家私人的儲藏，一日而空；百年來中原百姓盼望王師的人心，一日而失！推尋其原由，沒有一條不是辛棄疾在戰前兩年已經預言的。」

然後舉出實際的例子：「此蓋犯招兵不擇之忌也」、「此蓋犯兵屯不分之忌也」、「此蓋犯軍勢不張之忌也」、「此又犯諜候不明之忌也」，令讀史之人閱至此處，焉能不掩卷長嘆！

到了兵敗如山倒的時候，**朝廷終於想起那位事事提前言中的老將**。開禧三年初，幼安被任命為兵部侍郎，但他辭而不就。秋八月，熱鍋上的螞蟻韓侂胄為辛棄疾安排了樞密院都承旨的職位，派使者到江西請他重新出山。這是南宋最高軍事領導機關裡的重要職務，看起來韓侂胄真要重用幼安了。辛棄疾對樞密院的來使搖頭說道：「韓公豈是真能使用稼軒以立功名的人呢？稼軒又豈是肯依附韓公只為了求取富貴的人呢？」上書朝廷請求年老退休。

此時目睹國事江河日下的稼軒確實已經病入膏肓，臥床不起。九月初十日，他在迴光返照中勉強從床上撐起身來，戟指（按：指著對方罵）大呼：「殺賊！殺賊！」聲音未了，雙目圓睜而逝，享年六十八歲。這正是「男兒到死心如鐵」！然而誰又給你機會去「看試手，補天裂」？沒有給稼軒機會的韓侂胄，一個多月後被史彌遠暗殺，首級獻至金國，《嘉定和議》遂成。

六十年後，謝枋得拜訪辛棄疾故居，並作了《祭辛稼軒先生墓記》，感嘆幼安之忠、之能，「使公生於藝祖（趙匡胤）、太宗時，必旬日取宰相」。結果他不幸生在南宋，「入仕五十年，在朝不過老從官，在外不過江南一連帥」。圍繞辛棄疾生平多次被言官彈劾「貪酷」，指出事實上「嘉定名臣無一人議公者」；而「誣公以片言隻字而文致其罪」的，「非腐儒則詞臣也」。使得「忠義第一人，生不得行其志，沒無一人明其心」，「此朝廷一大過，天地間一大冤」，直至「公沒，西北忠義始絕望，大仇必不復，大恥必不雪，國勢遠在東晉下」。

清人陳廷焯則表示：「稼軒有吞吐八荒之概而機會不來，正則為郭（子儀）、李（光弼），為岳（飛）、韓（世忠），變則為桓溫之流亞。」這等人物出現在國家危急之秋，本是生逢其時，若朝廷善用之必能建立蓋世功業，卻被南宋官場蹉跎終老。虛負凌雲萬丈才，一生襟抱未曾開。哀哉稼軒！惜哉稼軒！痛哉稼軒！

稼軒體加上杜牧鐵粉

在辛棄疾手中，詞這種體裁被發揚光大到了頂峰，幾乎無事不可入詞。文字風格也變化多端，既有「八百里分麾下炙，五十弦翻塞外聲」這種嚴整的對仗，也有「甚矣吾衰矣」

這種語出典籍的虛詞，還有「天下英雄誰敵手？曹劉」這種自問自答，已經達到了從心所欲不逾矩的境界。另外他善寫語意連貫的長句，「以文入詞」，同時節拍鮮明韻律鏗鏘，保持了很強的音樂感。這些特點被人稱為**「稼軒體」**，整個南宋詞壇都深受其影響。

當時另一位著名詞人姜夔，字堯章，號白石道人，被論為「白石脫胎稼軒，變雄健為清剛，變馳驟為疏宕」。我們先來看他為幼安《永遇樂・京口北固亭懷古》所和的一首《永遇樂・次稼軒北固樓詞韻》：

雲隔迷樓，苔封很石，人向何處？
數騎秋煙，一篙寒汐，千古空來去。
使君心在，蒼崖綠嶂，苦被北門留住。
有尊中酒差可飲，大旗盡繡熊虎。

前身諸葛，來遊此地，數語便酬三顧。
樓外冥冥，江皋隱隱，認得征西路。
中原生聚，神京耆老，南望長淮金鼓。
問當時，依依種柳，至今在否？

姜夔將辛棄疾比作諸葛亮，「中原生聚，神京耆老，南望長淮金鼓」明確的表達了對其北伐志向的支持。桓溫種柳的典故，則讓我們想起稼軒《水龍吟》中那句「可惜流年，憂愁風雨，樹猶如此」。

白石比稼軒小十四歲，從唱和的紀錄來看，**應與其有所交往**，作品中確有學習辛詞的痕跡。按照姜夔的自述，稼軒也很欣賞他，「深服其長短句」。這話應該不算自吹自擂，清代文學家劉熙載說：「白石才子之詞，稼軒豪傑之詞。才子、豪傑各從其類愛之。」但以今日大多數人眼光來看，白石這首和詞比之稼軒原作低了至少一個檔次。能使大家欣賞他的，還是那首最負盛名的自製新曲《揚州慢》（淳熙丙申至日，予過維揚。夜雪初霽，薺麥彌望。入其城，則四顧蕭條，寒水自碧，暮色漸起，戍角悲吟。予懷愴然，感慨今昔，因自度此曲。千岩老人以為有《黍離》之悲也）：

淮左名都，竹西佳處，解鞍少駐初程。
過春風十里，盡薺麥青青。
自胡馬窺江去後，廢池喬木，猶厭言兵。
漸黃昏，清角吹寒，都在空城。
杜郎俊賞，算而今重到須驚。

縱豆蔻詞工，青樓夢好，難賦深情。
二十四橋仍在，波心蕩、冷月無聲。
念橋邊紅藥，年年知為誰生？

一讀此詞，就知道姜夔是杜牧的鐵杆粉絲，「春風十里揚州路」、「豆蔻梢頭二月初」、「十年一覺揚州夢，贏得青樓薄幸名」、「二十四橋明月夜」，小杜關於揚州的名句如泉水般湧出。然而令杜郎如此迷戀的美麗揚州，當年熙熙攘攘人來人往的街市，在紹興三十一年金主完顏亮南侵之後，被徹底洗劫摧毀。直到十五載後的淳熙三年冬至，二十二歲的姜夔路經揚州，還是滿眼薺菜野麥叢生的荒地，從第三產業倒退回第一產業去了。淒清的二十四橋下寒波蕩漾，倒映出無聲冷月，這月兒曾映照過此地的往日繁華。橋邊的揚州名花紅芍藥依然頑強存活，從前它們到了春天綻放時，能引得人流如織笑語喧嘩前來遊覽，如今只能花無人賞花自開，寂寞開無主。

這一切的敗落、倒退，都是拜金兵的侵略所賜。「猶厭言兵」四字傳遞出對戰爭的深深憎惡，尤其這個「厭」，擬人極其傳神，無字可換。

小序中提到的「黍離」，是《詩經》中《國風・王風》中一篇〈黍離〉：

彼黍離離，彼稷之苗。行邁靡靡，中心搖搖。
知我者，謂我心憂；不知我者，謂我何求。
悠悠蒼天！此何人哉？
……

西周被犬戎所滅，周平王東遷後不久，朝中一位大夫路過西周故都鎬京，只見原來的城闕集市唯剩斷壁殘垣，鬱鬱蔥蔥的黍苗在其間已經繁茂的長成行列，曾經神聖的宗廟埋沒在荒草叢中。他緩步行走在這片由京城變為的農田上，悲不自勝而作此詩。

看到我眉頭緊鎖，理解我的人知道我是心中憂愁，不理解我的人以為我有什麼貪求。仰首問天，導致這悲劇的罪魁禍首究竟是誰呢？這位大夫心裡早有答案，卻為尊者諱不肯說出來。但不說大家也知道，自然是那位烽火戲諸侯的二貨周幽王。自那以後，對故國淪亡破敗、故土滄海桑田的感傷就被稱為「黍離之悲」，自號「千岩老人」的詩人蕭德藻認為這首《揚州慢》便有此意。

白石作先鋒

蕭德藻，字東夫，在當時是和陸游、楊萬里、范成大齊名的詩人。他身後詩集由楊萬里作序刊行，可惜元代時被毀失傳，今人已無從讀到，所以聲名不如那幾位顯赫。

姜夔因為父親姜噩與蕭德藻是同科進士，便以故人之子的身分去拜見。蕭德藻讀了姜夔奉上的這首《揚州慢》，大為欣賞：「老夫學詩數十年，今日總算交到一位朋友！世侄可有功名？」姜夔臉上一紅：「晚輩學藝不精，四次參加鄉試，均名落孫山。說來慚愧！」「那是考官有眼無珠。世侄可曾婚配？」姜夔一看桃花運要來了，臉上又是一紅，趕緊羞澀的搖搖頭。蕭德藻哈哈大笑：「老夫有一侄女，既美且賢，尚待字閨中。世侄若不嫌棄，願奉箕帚。」姜夔卻之不恭，只好受之有愧啦。

幾年之後，蕭德藻到湖州做官，姜夔隨行。當他們路過杭州時，蕭老介紹姜夔認識了詩友楊萬里。眼高於頂的楊誠齋對姜白石的詞稱賞不置，並作詩勉勵：「尤蕭范陸四詩翁，此後誰當第一功？新拜南湖為上將，更推白石作先鋒。」意思是尤袤、蕭德藻、范成大、陸游四位老一輩詩人之後，年輕人之中誰能擔得起重任呢？就要數張鎡（卜居南湖）和姜夔兩位啦。

作一首好詞，大小老婆送上門

楊萬里又專門寫了一封介紹信，讓姜夔帶著去蘇州拜訪退休閒居的范成大。白石絕對是個老詩人殺手，范石湖居然對他也是一見如故，稱讚其翰墨人品有魏晉風流，兩人結為忘年之交。

紹熙二年冬天，姜夔跑到范成大家踏雪尋梅，一住就是個把月。臨別之日，對姜夔音樂才能甚為推崇的范老提了個要求：「賢侄何不度新曲以詠此梅，留與老夫作個紀念？」這是白石的拿手好戲，於是取材林和靖名句「疏影橫斜水清淺，暗香浮動月黃昏」，不多時便自製出《暗香》、《疏影》兩首新詞牌。范成大拿著詞譜反覆哼唱把玩，又叫來最擅歌舞的家伎小紅配以樂器來了一段正式演出，音節和諧婉轉美妙之極。范老大為喜悅：「賢侄新詞由小紅如此唱來，真是此曲只應天上有，人間哪得幾回聞？寶劍贈英雄，紅顏配才子。小紅，今日妳便跟姜公子同去罷。」白石靠著作得一手好詞，大老婆和小老婆都是別人主動送上門來給配齊了。

志得意滿的姜夔嗚嗚咽咽的吹著洞簫伴奏，小紅一路緩緩低唱著新鮮出爐的《暗香》、《疏影》，當天兩人便在雪中乘舟返家。路過蘇州吳江的江南第一長橋垂虹橋時，白石又作七絕一首《過垂虹》：

自作新詞韻最嬌，小紅低唱我吹簫。
曲終過盡松陵路，回首煙波十四橋。

雖然姜夔當時便名重天下，但多次應試都未能考中進士，一生漂泊江湖。他鬱鬱而終

▲ 姜夔靠作一手好詞，讓人送老婆給他。

三載以後的宋寧宗嘉定十七年，皇帝趙擴駕崩，因為親生兒子都早早夭折，領養的遠房宗室子弟趙昀（按：音同雲）撿漏登基（廟號理宗）。

趙昀是趙匡胤之子趙德昭的九世孫，這樣皇位就從趙德芳一系（孝宗開始）傳到了趙德昭一系手中，至此「金匱之盟」的各大主角，都通過其後裔實現了「皇帝輪流做，明年到我家」的終極夢想。但趙德昭的後人顯然運氣比較差，因為北方比金人更加強大而凶殘的蒙古已經崛起。就在這一年，大俠郭靖的騎射恩師——神箭將軍哲別病逝於西征勝利後的東歸途中。他曾為成吉思汗痛擊金國，攻滅西遼和花剌子模，大敗俄羅斯和欽察聯軍。

理宗剛剛登基三年，宋朝兩百年的宿敵西夏亡於蒙古。再過七年，宋朝的另一個百年大敵金國也被蒙古所滅。一個世紀前，為了奪回燕雲十六州，北宋聯手金國滅遼，隨後又被金國所滅；如今南宋為了洗雪靖康之恥，聯手蒙古滅金，隨後會發生什麼似乎不是難以預計的事情。偏安江南已經一個世紀的南宋，開始**獨力抵抗世界歷史上最強大的軍事帝國，並堅持了將近五十年之久**，這是蒙古對一個政權耗時最長的戰爭。

第三十五章

人生自古誰無死，留取丹心照汗青

宋理宗寶祐四年，蒙古方面是成吉思汗的四子拖雷（按：郭靖大俠的安達〔即蒙古語中的兄弟之意〕）之嫡長子蒙哥為大汗，前不久剛剛派遣弟弟忽必烈征服了雲南大理國，「南帝」一燈大師段智興的曾孫、大理末代皇帝段興智（是的，你沒有看錯，我也沒有寫錯，他倆的名字就是存心來搞腦子）被活捉後歸降，段家的絕世武功六脈神劍和一陽指，在千軍萬馬的戰陣之中也一籌莫展。

文天祥名字取得好，第五名躍為狀元

蒙古人對易守難攻的四川盆地從北面、西面和南面三面包抄。這一年的科舉，考官和考生們的心情都很沉重。主考官王應麟將數十份優秀的殿試答卷奉呈皇帝，趙昀注意到其中一份洋洋萬言的策論，內容提到「夫東南之長技，莫如舟師，我之勝兀朮於金山者以此（韓世忠），我之斃逆亮於采石者以此（虞允文），而今此曹，反挾之以制我」，不由得心中一凜。

這名考生暗示蒙古人的下一個目標是攻占天府之國，然後重演當年晉朝滅東吳的「王濬樓船下益州」之戰，打造強大的水師順江東下。理宗當然深知江南政權面對從上游順流而下的敵人水軍時，長江天塹形同虛設，亡國的危險迫在眉睫。接著讀下去：「夫陛下自即位以來，未嘗以直言罪士，不惟不罪之以直言，而且導之以直言。臣等嘗恨無由以至天子之庭，以吐其素所蓄積。幸見錄於有司，得以借玉階方寸地，此正臣等披露肺肝之日也。方將明目張膽，謇謇諤諤言天下事，陛下乃戒之以『勿激勿泛』。夫『泛』固不切矣；若夫『激』者，忠之所發也，陛下胡並與泛者之言而厭之耶？」

這就是明目張膽的在批評皇帝了，意思是：陛下您過去一直鼓勵臣民直言無忌，這方面做得挺好啊。我這麼多年來對朝政攢了一肚子意見，正打算借著這份考卷好好提一提，您卻突然在試題中告誡**「不要過激、不要空泛」**，這是要我把到了喉嚨口的話再咽回去嗎？空泛當然是爛文章，**但過激總是由耿耿忠心導致的，您應該樂於見到才對**，怎麼能像討厭空泛那樣討厭過激呢？

理宗一看，批評得蠻有道理，連連點頭。翻到落款，這考生姓文名天祥，字履善，主考官原來擬為第五名，趙昀大喜：「天之祥，乃宋之瑞也。」御筆一揮，欽定為今科狀元。清末狀元劉春霖也是因為名字含義好，被慈禧太后老佛爺從考官原擬的第二名提為頭名狀元，看來名字起得好不好，很影響科舉成績。

文天祥出生時，祖父夢到一個小孩乘紫雲而下，於是給嬰兒起名「雲孫」，字「天祥」；在鄉試選中貢生後，改名為天祥，另起字「履善」；經皇帝金口玉言，自此改字為「宋瑞」。沒有身分證的時代，改名字真是方便。文天祥字宋瑞，和《紅樓夢》裡的賈瑞字天祥，名字都祥瑞得很。

王應麟上奏理宗：「此卷忠肝義膽好似鐵石，微臣恭賀陛下選撥到了良材。」在這一年的進士名單中除了文天祥，還有陸秀夫和謝枋得，宋末三大忠節之士聚於一榜，也是千古美談。而這位伯樂考官王應麟，便是我們耳熟能詳的啟蒙讀物《三字經》的作者。

宋廷祥瑞中狀元，恰遇蒙古內鬥幾年

二十歲的文天祥果然是宋廷的祥瑞。他中狀元三年後，不可一世的蒙古大汗蒙哥居然在御駕親征重慶合川釣魚城（不是襄陽城）時，被飛石擊中，傷重而亡。滅國四十、所向披靡的蒙古大軍，這次只能抬著靈柩鎩羽而歸。因為蒙哥沒有來得及留下遺詔指定繼承人，手握雄兵正圍困鄂州的拖雷嫡次子忽必烈，立刻與南宋宰相賈似道議和，回師（按：將軍隊往回調動）先去與留守蒙古首都和林的拖雷嫡四子阿里不哥，爭奪大汗之位。

攘外必先安內，無論哪個國家、哪個民族都只能選擇這樣的鬥爭次序。阿里不哥在和林糾集了一幫貴族推舉自己為新一任大汗，得到了蒙古四大汗國中的欽察汗國（成吉思汗長子朮赤的長子拔都所建）、察合台汗國（成吉思汗次子察合台所建）和窩闊台汗國（成吉思汗三子窩闊台所建）的支持；忽必烈則乾脆在燕京自立為大汗，得到了伊爾汗國（拖雷嫡三子旭烈兀所建）的支持。天無二日、國無二汗，忽必烈汗和阿里不哥汗熱烈對撕，南宋靠此僥倖，贏得了幾年喘息的時間。

元將張弘範漢人說胡語

宋理宗景定五年，累得半死的忽必烈終於搞定了阿里不哥，其他不服氣的各大汗國紛紛獨立各自為政，已經打下空前廣大疆域的蒙古帝國就此分裂。忽必烈對那些叔伯兄弟們統治的遼闊草原沒多大興趣，回過頭來建立以大都（原燕京）為中心的元朝，專心準備一統南宋花花世界。

理宗在這一年及時壽終正寢，甩手把個爛攤子交給了後任，不用面對如此艱難的時局。他沒有兒子，領養的侄兒趙禥（按：音同奇）即位（廟號度宗），改元「咸淳」。

從咸淳三年到九年，元朝丞相伯顏、大將張弘範率兵圍困南宋呂文煥鎮守的軍事重鎮襄陽。張弘範是元朝滅宋戰爭的主角，他父親張柔原是家在河北保定的金國漢族將領，兵敗後降蒙，一生服務於異族。張弘範出生時，金國已經滅亡四年，他本人始終食元之祿、忠元之事，並非某些人誤以為的「投降元朝的漢人」，很難算典型意義上的漢奸。此人自幼由儒家名師教導，倒是文武雙全，有詞作《鷓鴣天・圍襄陽》：

鐵甲珊珊渡漢江，南蠻猶自不歸降。
東西勢列千層厚，南北軍屯百萬長。

弓扣月，劍磨霜，征鞍遙日下襄陽。
鬼門今日功勞了，好去臨江醉一場！

這個漢人居然叫本族同胞為「南蠻」，一下子就讓人想起司空圖的那句「漢兒盡作胡兒語，卻向城頭罵漢人」。長期不能收回中原失地，兩、三代人後如此同胞相殘，那是早晚的事情。

呂文煥孤軍死守襄陽六年，告急求援的緊急軍情雪片似的飛往臨安，度宗在賈似道的蒙蔽下居然一無所知。襄陽城到最後內無糧草外無救兵，終於不支陷落，呂文煥歸降元朝（受忽必烈重用）。大俠郭靖、黃蓉夫妻與兒子郭破虜於此役殉國。此刻郭襄不知道在哪裡遊山玩水一邊尋覓她的楊過大哥哥；而號稱領悟了「為國為民，俠之大者」的神雕大俠則不問世事藏在古墓裡，只為了躲開婚姻的潛在不穩定因素：郭二姑娘，否則說不定還能幫忙拖延一下歷史進程。

溢美之謚

襄陽一失，南宋大勢已去，荒淫無度的宋度宗趕緊於咸淳十年駕崩，以避免成為亡國之君，和自己的親生兒子玩起了擊鼓傳花的遊戲。奸相賈似道擁立度宗剛滿三週歲的嫡子趙顯登基，改元「德祐」，是為宋恭帝。

諡號據考可能起源於西周時期。先秦兩漢的統治者駕崩後，臣下用簡短的諡號來議定其一生功過，後人也用諡號相稱。比如劉徹諡號「孝武」皇帝，一個「武」字就反映了其武功赫赫而又窮兵黷武的特點，後世簡稱「漢武帝」。秦朝的皇帝無諡號，因為秦始皇認為「死而以行為諡，如此則子議父、臣議君也」，所以除諡法，自命為始皇帝，「後世以計數，二世三世至於萬世，傳之無窮」，沒想到二世而亡。

到了唐宋，皇帝們的諡號變得又香又長，統統是溢美之字，毫無特點和辨識度，後世就改為用廟號來相稱。比如昏君趙禥，諡號是「端文明武景孝」皇帝，完全不能反映他不文不武的真實情況，而用「宋度宗」這個廟號就簡潔明瞭。趙顯死時南宋已亡，自然沒有廟號，無法像他的列祖列宗一樣被稱為「宋某宗」，而「恭」是元朝給的諡號，後世便稱其為「宋恭帝」。

順便再介紹一下年號。漢武帝時期方有用來紀年的年號（此前可能使用天干地支等方法）。凡遇皇帝登基、天降祥瑞或外憂內亂等大事都要改元。明清之前的皇帝在位時一般有多個年號，比如武則天有十七個之多。而明清皇帝大都一人一號，故後世即以年號相稱，如永樂帝、康熙帝。

我們舉一個綜上所述的例子：愛新覺羅•弘曆，年號「乾隆」，廟號「高宗」，諡號「法天隆運至誠先覺體元立極敷文奮武欽明孝慈神聖純皇帝」，清史書常以「純皇」簡稱。

元軍用漢將，雙手染滿同胞血

不負責任的宋度宗剛剛撒手歸西，拔掉了襄陽這顆釘子的元朝大軍就旌旗南指，張弘範在率兵渡長江時又賦詩《過江》：

磨劍劍石石鼎裂，飲馬長江江水竭。
我軍百萬戰袍紅，盡是江南兒女血！

詩寫得很有氣魄，和岳飛「笑談渴飲匈奴血」有得一拚，不過兩人在歷史上的地位可是判若雲泥。岳武穆的戰袍上是異族侵略者的血，作為侵略者的張將軍，戰袍上則滿是本族同胞的鮮血。

值此南宋風雨飄搖之秋，之前十八年因為得罪權奸賈似道，而默默無聞的文天祥才開始了濃墨重彩的悲劇演出。時任贛州知州的他接到勤王詔書後，捐出全部家資招兵買馬，聚集萬人入衛臨安。

有朋友勸阻道：「現在元兵勢大，你以這烏合之眾萬餘人赴京，不是驅趕群羊去鬥猛虎嗎？」文天祥嘆息一聲曰：「我也知道事實如此。然而國家養育臣民三百餘年，一旦危急，徵集天下的兵丁卻無一人一騎敢於回應，我深以為恨。所以不自量力，寧願以身殉國，希望天下的忠臣義士中有聞風而起者，依靠人多就能成功，如此還有望保全社稷。」」

南宋末年積貧積弱，不是文天祥一介書生就可以挽狂瀾於既倒、扶大廈之將傾的，他臨時拼湊的軍隊，不出意外的被強大的敵人打成了篩子。元軍一路摧城拔寨勢如破竹，攻破襄陽後，僅花一年多時間就兵至臨安城下。南宋眾臣有主張投降的，有主張死守的，有逃出去準備長期抗戰的，朝廷上下亂作一團。

文天祥因為忠心耿耿，被火箭般提拔為右丞相兼樞密使，作為使臣出城與元軍主帥伯顏談判求和。文丞相義正辭嚴的警告伯顏：雖然臨安城破在旦夕之間，但江南閩廣等地還未被元軍完全占領，大宋文臣武將和百姓們不會臣服，勝敗還很難料。閣下不如保留南宋政權，雙方議定歲幣金帛，元軍尚可全師滿載而還。

然而國家間的談判最終靠的是實力，而不僅僅是勇氣，**伯顏對和談不感興趣**，**對文天祥倒是很感興趣**，將他拘禁起來迫令投降。既然求和不成，太皇太后謝道清做主，五歲不到的宋恭帝宣布退位歸降元朝。

對南宋大臣們而言，在太后和皇帝率隊投降的情況下，自己跟從屈膝保命也是名正言順，但依然有許多文臣武將，保護恭帝七歲的哥哥趙昰（按：音同夏）和四歲的弟弟趙昺（按：音同炳）逃出臨安，擁立趙昰為帝（廟號端宗），改元「景炎」，繼續抵抗蒙古人的侵略。

丹心照汗青

被囚的文天祥也寧死不降，伯顏只好派人將他押解去大都。**路經鎮江時文天祥乘隙逃出**，一路輾轉去南方尋找端宗，途中作《揚子江》：

幾日隨風北海遊，回從揚子大江頭。
臣心一片磁鍼石，不指南方誓不休。

文天祥歷盡千難萬險到達端宗所在的福州，拜為右丞相，領兵在東南苦戰抗元。景炎三年，九歲的端宗在海上遇到颱風，座舟不幸傾覆，溺水被救起後因病夭折。左丞相陸秀夫、簽書樞密院事張世傑（按：這兩位與文天祥合稱「宋末三傑」）奉六歲的趙昺即位（宋少帝），改年號為「祥興」，退到廣東海岸崖山，誓將抵抗進行到底。

不久後，在廣東江西一帶屢敗屢戰、仍然艱苦游擊兩年多的文天祥，被張弘範的部隊擒獲，陸上抗元勢力覆滅。文天祥吞下隨身準備的二兩龍腦（冰片）自盡，卻沒有死成。三年前賈似道也是服冰片自殺無效，但也有不少人成功了。明代李時珍《本草綱目》中說：龍腦本身無毒，所以文天祥和賈似道求死不得；而廖瑩中是用熱酒送服才死的。可見中藥只能慢慢嘗試，這種生死關頭想靠它立竿見影，就找錯物件了。

張弘範生擒文天祥後如獲至寶，反覆誘降不成，便將其軟禁在軍中，隨自己的船隊一起去進攻南宋的最後一個據點崖山。途經珠江入海口的零丁洋時，眼看崖山在望，張弘範又將文天祥召來自己的座船上相勸：「宋軍主將張世傑與我同宗，當年還曾在先父（張柔）軍中效力過。請文丞相幫我寫一封信，勸他率軍歸順大元，必得公侯之爵。否則玉石俱焚、生靈塗炭，有何益哉？」也不管文天祥答應與否，便示意手下鋪陳文房四寶。文天祥看著面前準備好的筆墨紙硯，默不作聲，提起筆來在風浪顛簸的船上一筆一畫的寫下：

辛苦遭逢起一經，干戈寥落四周星。
山河破碎風飄絮，身世浮沉雨打萍。
惶恐灘頭說惶恐，零丁洋裡嘆零丁。
人生自古誰無死？留取丹心照汗青！

這便是文天祥的千古絕唱七律《過零丁洋》。張弘範在旁一個字一個字的讀下來，讀到最後「照汗青」三字，忍不住嘆息一聲：「好詩！結句如同撞鐘，餘音不盡。」也不再勸，令人將文天祥送回本船，隨後將桌上的詩稿仔細收藏起來。部下見張弘範對文天祥頗有欽佩之意，低聲道：「此人是敵國丞相，居心難測，大將軍不可親近。」張弘範搖頭一笑：「他是忠義之士，並無其他。」

崖山絕命終結戰

祥興二年正月開始，元兵進攻崖山（今廣東江門市）二十多日。先是火攻，未逞後又以陸軍斷絕宋軍汲水和砍柴的道路。宋軍不得不連續十幾天吃乾糧喝海水，引發將士嘔泄，戰鬥力大減。在三次招降張世傑不果後，張弘範於農曆二月六日（西元一二七九年三月十九日）率水師發起總攻。雙方共兩千多艘戰船從清晨激戰至黃昏，最終宋軍戰敗。

陸秀夫眼看突圍無望，不願少帝再如恭帝一樣被擄北上當亡國奴，遂將國璽繫在腰間，揹負七歲的少帝跳入大海，頃刻間便被洶湧的波濤吞沒。其他船上的宮眷、大臣和將士們聽聞噩耗，十萬人在一片痛哭聲中紛紛投海殉國，全軍覆沒。

文天祥在元軍船上，憂心如焚的親眼目睹了這慘烈的最後一戰，並記錄於《二月六日海上大戰，國事不濟，孤臣天祥坐北舟中》：

……

遊兵日來復日往，相持一月為鷸蚌。
南人志欲扶昆侖，北人氣欲黃河吞。
一朝天昏風雨惡，炮火雷飛箭星落。
誰雌誰雄頃刻分，流屍漂血洋水渾。

昨朝南船滿崖海，今朝只有北船在。
昨夜兩邊桴鼓鳴，今朝船船鼾睡聲。
……

已經突圍出去的張世傑心如死灰，也在暴風雨中墮海。從西元九六〇年趙匡胤陳橋兵變黃袍加身，至此經過三百一十九年，宋祚滅亡。這也是中央之國在**歷史上，第一次完全淪陷於外族**。

立下大功的張弘範命人在崖山岩壁上刻下「鎮國大將軍張弘範滅宋於此」十二個大字。明代趙瑤在此處憑弔懷古時，寫下七絕《登崖山觀奇石》：

忍奪中華與外夷，乾坤回首重堪悲。
鐫功奇石張弘範，不是胡兒是漢兒。

恥食周粟

張弘範擺酒慶功，又來相勸：「如今國家已亡，文丞相若能改心事奉我大元皇上，當不失宰相之位。」依然被文天祥拒絕，只好派人送他去京師。路經大庾嶺時，文天祥開始絕食，並作《南安軍》一詩：

梅花南北路，風雨溼征衣。
出嶺同誰出？歸鄉如不歸！
山河千古在，城郭一時非。
餓死真吾志，夢中行采薇。

商朝末年孤竹國有伯夷、叔齊兄弟倆，為了推讓王位先後逃到岐山。正好趕上周文王剛去世，武王興兵伐紂，兩人拉著武王的馬頭勸諫說：「您不先讓父親入土為安就急著大動干戈，能算是孝嗎？您打算以臣弒君，能算是仁嗎？」武王手下的將士大怒，打算痛扁兩老頭一頓，被更老的姜太公制止：「此乃義士啊！」派人將這兩位不識時務的義士踐走讓路，大軍繼續開拔。

武王滅商以後，天下以周為宗主，伯夷叔齊恥於吃周朝人工種植出來的小米，隱居在首陽山採野菜充飢。野菜既沒足夠營養也沒足夠熱量，兩人餓死之前合唱了一首歌：「登彼西山兮，采其薇矣。以暴易暴兮，不知其非矣。」這個典故叫「恥食周粟」，是後世亡國而不肯投降之人的精神祖師。成語「以暴易暴」也是出自於此。文天祥以此詩明志並開始絕食，沒想到身體基礎太好，八天後還啥事兒沒有，便放棄了自盡的念頭。

第三十六章

謝枋得寧可抱香死，文天祥正氣萬古存

文天祥被送到大都以後，忽必烈知道他在宋朝遺民中的聲望，派了許多元朝高官輪番來誘降、迫降，但他軟硬不吃。就這樣在冰冷潮溼的土室中關了兩年多，居然百病不生，再次證明了身體素質槓槓的（按：東北方言，即非常好、不同尋常）。

是氣所磅礴，凜烈萬古存

文天祥覺得這是因為自己像孟子所說的「吾善養吾浩然之氣」，邪氣不勝正氣，於是作了著名的《正氣歌》：

天地有正氣，雜然賦流形。
下則為河岳，上則為日星。
於人曰浩然，沛乎塞蒼冥。
皇路當清夷，含和吐明庭。
時窮節乃見，一一垂丹青。
在齊太史簡，在晉董狐筆。
在秦張良椎，在漢蘇武節。
為嚴將軍頭，為嵇侍中血。

為張睢陽齒，為顏常山舌。
或為遼東帽，清操厲冰雪。
或為出師表，鬼神泣壯烈。
或為渡江楫，慷慨吞胡羯。
或為擊賊笏，逆豎頭破裂。
是氣所磅礴，凜烈萬古存。
當其貫日月，生死安足論。
地維賴以立，天柱賴以尊。
三綱實繫命，道義為之根。
……

這首詩最激動人心之處，就是將十二位忠臣義士的壯舉，一氣呵成的排比出來，成為詩歌和歷史愛好者的饕餮盛宴。太史簡、董狐筆、張良椎、蘇武節、顏常山、出師表和擊賊笏的故事在《精英必備的素養：全唐詩（初唐到中唐精選）》中已經講過，渡江楫則在《不讀宋詞，日子怎過得淋漓盡致（北宋篇）》中有寫。

▲ 文天祥一身浩然正氣，不但餓不死，還百病不生，在極差的生活環境下，
寫出著名的《正氣歌》。

將軍頭、侍中血

三國時張飛幫助劉備反客為主搶益州，在戰役中擒獲了巴郡太守嚴顏。張飛牛哄哄的呵斥嚴顏：「我大軍到來，你何以不降而敢拒戰？」嚴顏回答：「是你們不講道理入侵我州府。我州只有斷頭將軍，沒有投降將軍。」折了面子的張飛暴跳如雷，嗷嗷叫著令左右推出去砍頭。嚴顏淡定的自己向外走：「砍頭便砍頭，有什麼好暴跳的。」張飛很欣賞他的氣節，將其釋放而以賓客之禮相待。世人稱讚翼德的肚量，而嚴顏也終未屈膝投降。這是「為嚴將軍頭」。

西晉「八王之亂」中，御駕親征的晉惠帝司馬衷被成都王司馬穎的軍隊圍困，臉上中了三箭，百官和侍衛都作鳥獸散。唯有趕來的侍中嵇紹莊重的繫好冠帶，挺身在馬車前保衛天子，結果為亂兵所殺，鮮血濺到惠帝的衣服上。

司馬衷是中國歷史上智商倒數的皇帝。有一年大饑荒，官員向他報告很多老百姓沒飯吃而餓死，他很奇怪的問：「何不食肉糜？」意思就是沒乾飯吃，可以吃皮蛋瘦肉粥嘛。

當戰事結束後，侍從要為惠帝浣洗衣服，沒想到這個大家眼中的傻子突然說一句：「那是嵇侍中的血，不要洗去。」**惠帝一生中說的最著名的兩句話**，很不像同一個人說的。

嵇紹年輕時初到都城洛陽，有人驚訝於他的豐神俊朗，跑去對善於品評人物的王戎讚揚道：「嵇紹卓爾不凡，好似野鶴立於雞群。」王戎嘆了一口氣：「瞧您這大驚小怪的，只因沒有見過他的父親啊。」嵇紹的父親嵇康與阮籍、王戎等人齊名，是「竹林七賢」之一，世間會彈名曲《廣陵散》的最後一人。

當時正是「司馬昭之心，路人皆知」之際，司馬系的大紅人鍾會慕名前去拜訪嵇康，其實是想拉攏這位忠於曹魏的名士。嵇康知道對方來意，頭也不抬的一錘一錘專心打鐵。鍾會在旁邊站了半天說不上一句話，只能悻悻而去。嵇康問了一聲：「何所聞而來？何所見而去？」鍾會答了一句：「聞所聞而來，見所見而去。」回去告訴司馬昭：「嵇康不給我面子，就是不給您面子。」

司馬昭一聽，我這正打算篡了曹魏，不為我用的人可不能留著，就編個罪名把嵇康給殺了，《廣陵散》從此失傳。直到魔教長老曲洋從東漢蔡邕墓中找到了《廣陵散》的曲譜，並據此改編成了只有「羽徵（按：唸作止）角商宮」五個音階的大音希聲（按：引申人為創作音樂，破壞了聲音的完美）的「笑傲江湖曲」。

從鍾會與嵇康的對答之中，可見他的捷才。他十三歲時與哥哥鍾毓一起覲見魏文帝，曹丕見大男孩緊張得滿頭大汗，而小男孩神色如常，便先對哥哥來個明知故問：「天氣又不熱，卿何故一頭汗啊？」鍾毓恭恭敬敬回稟：「戰戰惶惶，汗出如漿。」臣民見到真龍天子，恐懼戰兢是正常的，其實皇帝也很享受這個感覺。

曹丕立刻轉頭就問弟弟：「那麼卿何故不出汗啊？」這是用鍾毓那個中規中矩的回答來做套，鍾會如果來一句「見皇帝需要緊張嗎」，那曹丕會怎麼想可就沒人知道了。面對這個困境，鍾會不假思索的答道：「戰戰慄慄，汗不敢出。」馬屁拍得很明顯，然而千穿萬穿馬屁不穿，曹丕大喜，從此鍾家兄弟倆飛黃騰達。

一句「為嵇侍中血」，就讓筆者下筆千言、離題萬里的扯了這麼遠，實在是不好，趕緊拉回來。

睢陽齒、遼東帽

唐朝安祿山叛亂之時，張巡率數千士卒死守睢陽孤城，前後大小戰鬥四百餘次，殺敵兩萬，斬將數百，最後箭盡糧絕，城破被俘。叛軍主將尹子奇問他：「聽說您每次與我軍交戰時大聲呼喊，牙齒都咬碎了。咱們什麼仇、什麼怨，您至於這樣嗎？」張巡怒道：「我恨不得生吞了你們這幫殘暴的逆賊，可惜做不到而已！」尹子奇用大刀撬開張巡的嘴，只見果然只剩幾顆牙齒了。左右勸道：「此人素得士心，不可久留。」於是當日張巡與部屬三十六人一起被害。這便是與「為顏常山舌」齊名的「為張睢陽齒」。

「或為遼東帽」是漢末三國時的在野名士管寧，名氣似乎不大，但如果用人比人氣死人的方法，你就能看出這人有多牛。曹丕登上帝位後，以鍾繇（按：音同搖）為太尉、華歆（按：音同欣）為司徒、王朗為司空。這三公都是在漢末就名重海內的「先世名臣」，曹丕非常敬重，有一次退朝後很感慨的對左右說：「本朝的三公都是一代偉人，後世再難出現這樣的盛況了！」咱們今天寫的**楷書**，**創始人正是這位鍾繇**，與王羲之並稱「鍾王」。他是鍾毓和鍾會的父親，這下你明白為什麼這哥倆十幾歲就能被皇帝接見了，那是靠爸贏家。

王朗有樂善好施之名，孫女王元姬是司馬昭的夫人、晉武帝司馬炎的親媽。華歆是東漢太尉陳球的弟子，與鄭玄、管寧、盧植等大儒是同門師兄弟，也就是劉備的師叔。有一次華歆和王朗同乘一條船避難，有個人也想上船依附他們，華歆不同意，王朗很大度的說：「咱們船還有空位，為什麼不救人一命呢？」後面的賊人越追越近時，王朗又著急了，想把那人趕下船去，華歆攔阻道：「我當時不願意搭載他，就是擔心現在的危險。但既然已經接納，怎能在危急時再拋棄他呢？」終於帶著那人一同逃離險境，世人就以此事分出了華、王兩人的優劣。

華歆當年與管寧同學時，一起在園中鋤地種菜，只聽噹的一聲，鋤出來一片金子。管寧視若無睹繼續揮鋤，就像剛剛鋤到的是一片瓦石；華歆俯身撿起金子，很是開心，但偷偷看了一眼管寧的神色，想了想又將金子扔回地裡。又有一次，兩人同坐一片席子讀書，只聽得門外街上有高官乘坐華貴馬車吹吹打打招搖過市，管寧聽若無聞繼續攻讀，華歆把書一丟就跑出去豔羡的觀摩。等華歆看完熱鬧回來，只見管寧已將席子從中間割開：「咱倆志趣不同，做不了朋友。」這個典故叫「割席斷交」。被王朗反襯的華歆，又反襯了管寧一把。

在漢末的混亂紛擾中，管寧遠避於遼東（今遼寧遼陽），一再拒絕朝廷的徵召。他為什麼不肯出來做官呢？因為在其看來，那就是幫曹魏篡漢助紂為虐。華歆爬到很高的官位，結果有幸主持了漢獻帝禪位給曹丕的大典，這下成了歷史上排名很高的貳臣（按：曾任舊朝，後又出任新朝官職的臣子）代表。京劇將其設定為一個凶暴奸詐的大白臉，《三國演義》則安排他威逼漢獻帝、收捕伏皇后，典型的反面角色。王朗也作為漢室貳臣，被羅貫中安排送給諸葛亮一頓罵死，如小丑般烘托孔明這個天神。反觀避不出仕的管寧，安於清貧以講學為生，習慣的戴著一頂標誌性黑帽，這就是「或為遼東帽，清操厲冰雪」。

忠魂猶存

《正氣歌》中的這一段，一氣呵成的列舉十二位著名的忠臣義士，整個排比分為三組，句式變化而不顯重複，其氣勢如長江大河奔流之下無可阻擋。內容正氣充盈，形式大氣磅礴，內容與形式相得益彰彼此激盪，**只能用兩個字形容**，那就是：完美。

忽必烈讀到此詩，心知招降無望，召見文天祥問道：「你有何心願？」「天祥深受宋恩，身為宰相，怎能事奉二姓？願賜一死足矣。」臨刑之前，文天祥整束衣冠向南方下拜，正是「臣心一片磁鍼石，不指南方誓不休」，拜畢起身從容赴死，享年四十七歲。妻子歐陽氏收殮時，發現丈夫衣帶中寫有一行小字：「孔曰成仁，孟曰取義。惟其義盡，所以仁至。**讀聖賢書，所學何事？**而今而後，庶幾無愧。」

與文天祥同年上進士榜的謝枋得在端宗即位後，任江東制置使，招集義兵艱苦抗元，終因實力懸殊而失敗。南宋滅亡以後，謝枋得堅決不做元朝的順民，**長期流亡在福建的窮山野嶺之間**，以教書和織賣草鞋過著極其貧困的生活，常常痛哭悼念故國。他的名篇《慶全庵桃花》，就是作於這段隱姓埋名躲避暴元的日子：

尋得桃源好避秦，桃紅又是一年春。
花飛莫遣隨流水，怕有漁郎來問津。

因為新建立的元朝拉攏漢族士大夫，藏身桃花源中的謝枋得隱居十二年後終於被找了出來。在五次誘降失敗後，地方官派兵強押他北上大都。謝枋得絕食五天而死，拒絕降元為官，正是文天祥詩中的「餓死真吾志」。

同時代還有一大批南宋遺民，都是終生不肯降元，在生活中堅持使用宋恭帝德祐年號，南宋詩人鄭思肖的《寒菊》一詩抒發了他們共同的心聲：

花開不併百花叢，獨立疏籬趣未窮。
寧可枝頭抱香死，何曾吹落北風中！

鄭思肖原名鄭之問，宋亡之後改的名，因為「肖」是「趙」的一半。在這批遺民中，有一位元朝高官「交章薦其才」的著名詞人蔣捷，是度宗咸淳十年的南宋最後一科進士，亡國後隱居在太湖之濱，漂泊輾轉不肯出仕。有一年春天，他在旅途中乘船經過吳江時寫下代表作《一剪梅・舟過吳江》：

一片春愁待酒澆。江上舟搖，樓上簾招。
秋娘渡與泰娘橋，風又飄飄，雨又蕭蕭。
何日歸家洗客袍？銀字笙調，心字香燒。
流光容易把人拋，紅了櫻桃，綠了芭蕉。

別人眼裡的一派美麗春光，在亡國之人看來卻只有風雨飄搖的一片春愁。不知道哪天才能回到家中，洗淨客袍上的風塵，安安靜靜的點香調笙。在這種羈旅動盪的生活中，時光是最容易流逝的，不知不覺櫻桃紅芭蕉綠，又要由春入夏了。

末尾一句描述的自然現象本是平常，色彩卻極絢麗，對於生命流逝無可奈何的惆悵情緒，又非常能引起共鳴。此詞一出，蔣捷便被時人稱為「櫻桃進士」。但他藝術成就最高、最為人熟知的作品，則是那首《虞美人・聽雨》：

少年聽雨歌樓上，紅燭昏羅帳。
壯年聽雨客舟中，江闊雲低，斷雁叫西風。
而今聽雨僧廬下，鬢已星星也。
悲歡離合總無情，一任階前、點滴到天明。

聽雨這種格調的事情，從來都是中年以上、有愁懷、難遣孤枕難眠的人才會去做。比如溫庭筠思念魚玄機時會聽那「梧桐樹，三更雨，不道離情正苦。一葉葉，一聲聲，空階滴到明」；李清照孀居時會聽那「梧桐更兼細雨，到黃昏，點點滴滴」。

蔣捷出身宜興大族，少年時在香豔的歌樓上興高采烈的一擲千金，正忙著「紅燭昏羅帳」，哪會有空去聽什麼雨呢？如果醉生夢死的他抽空聽了聽雨，不過是「少年不識愁滋味，為賦新詞強說愁」罷了。

鏡頭一閃就到了二十年後，只見江闊浪高黑雲翻卷，一隻失群孤雁在疾風中吃力的飛翔，發出絕望徬徨的哀鳴。一位深情落寞的中年人坐在風浪中顛簸的客船上，默默的聽著蕭蕭雨打篷，因為兵荒馬亂而不得不四方漂流。鏡頭再一閃又過了二十年，一位頭髮斑白的老人獨坐在僧廬下傾聽夜雨，面無表情看上去似乎心如古井波瀾不驚，其實故國淪亡晚年孤冷的不盡感傷始終在心底揮之不去，讓他又一次無法入睡直到東方既白。

這種詩詞中少見的電影鏡頭般的語言，通過一個人少年歌舞風流、壯年羈旅飄零、老年淒清蕭索的三幀畫面，將一個朝代衰亡的歷史過程從側面展現出來，有黍離之悲。潛藏於更深一層的，還有人生如白駒過隙而無可奈何的千古一嘆。

終必復振

宋朝因為汲取了從安史之亂以來直到五代十國數百年亂世的教訓，在開國之初就定下了重文抑武的國策，導致在軍事上屢受外敵之辱。但這個缺點換來的是文官執政，所以沒有武將擅權、沒有藩鎮割據，內部沒有大的動亂，人民相對安居樂業。

在經濟方面，宋是唯一沒有抑制工商業的朝代，並且大力發展對外貿易，即使一直對外納貢也國庫充裕民間富足，只爆發過小規模的農民起義，比起前面的黃巢之亂，以及後面的李自成那種席捲全國、導致明朝滅亡的暴動，不可同日而語。

在科技方面，英國科技史專家李約瑟認為，宋朝是中國「自然科學的黃金時代」（按：李約瑟曾在中國任中英科學合作館館長，他收集、考察中國科學技術文獻及資料，遂寫下《中國科學技術史》，其著對中西文化交流影響深遠，而他提出的問題〔李約瑟難題〕：「古代中國對人類科技發展做出許多重要貢獻、領先世界，但為何中國近代沒有發展科學和工業革命？」至今仍在討論）。

在文化方面，宋朝更是達到了中國古代社會的巔峰，而且具有很強的抵抗精神，在強大的蒙古橫掃歐亞大陸後，尚能以東南一隅獨立支撐數十年。宋的滅亡，標誌著「中央之國」第一次全面亡國，一個國家的主體民族遭受奴役，中華文明正常的發展進程被打斷，所受傷害之巨大不言而喻。

反觀當時的征服者蒙古人，還是以殺戮和搶劫為樂事的落後民族，完全不懂什麼叫生產。他們在攻打中國北方時一路屠城，目的就是將天下所有的農田都變為牧場。金章宗泰和七年時，全國戶籍人口有五千多萬，到蒙古滅金後被屠殺得只剩下不到兩成，中原地區千里無人煙，白骨遍地死屍滿井。忽必烈的寵臣藏傳佛教僧人楊璉真伽，在浙江大肆開掘南宋皇陵，盜取墓中珍寶，遺骨則拋灑在荒草之中，更將宋理宗的頭骨做成飲器獻給其師尊——吐蕃「高僧」、「國師」八思巴。

這樣一個殘暴的政權，自然是其興也勃焉，其亡也忽焉，不到百年就被漢人趕回了草原。可惜朱元璋所建立的明朝與宋朝相比，在皇權的膨脹、貿易的限制等方面都大開歷史倒車，未能回到文明的巔峰。

再經過滿清的一輪摧殘，短短的民國還未恢復元氣，又被後續一系列空前慘絕的浩劫幾乎連根拔起，可謂多災多難，萎靡直至如今。

所幸的是，中華文化有著秦漢唐宋這樣深厚的歷史根基、詩詞曲賦這樣優美的文字載體，而欣賞和創造美的基因也一直在民族中傳承，正如「冬季之樹木，雖已凋落，而本根未死，陽春氣暖，萌芽日長，及至盛夏，枝葉扶疏，亭亭如車蓋，又可庇蔭百十人矣」。所以筆者相信陳寅恪先生所說：「華夏民族之文化，歷數千載之演進，造極於趙宋之世。後漸衰微，終必復振！」

宋朝歷代皇帝年表

姓名	廟號	在世（西元）	介紹
趙匡胤	太祖	九二七年至九七六年	陳橋兵變黃袍加身，建立北宋。九六〇年至九七六年在位，共十七年。終年四十九歲，死因存有爭議。
趙光義	太宗	九三九年至九九七年	高祖之弟。九七六年至九九七年在位，共二十一年。結束了五代十國的分裂割據局面。兩次攻遼均告敗。病逝，終年五十八歲。
趙恆	真宗	九六八年至一〇二二年	太宗第三子。九九七年至一〇二二年在位，共二十五年。與遼達成「澶淵之盟」；御製《勸學詩》。病逝，終年五十四歲。
趙禎	仁宗	一〇一〇年至一〇六三年	真宗第六子。一〇二二年至一〇六三年在位，共四十一年。是兩宋在位時間最長的皇帝，締造了「仁宗盛治」。病逝，終年五十三歲。

姓名	廟號	在世（西元）	介紹
趙曙	英宗	一〇三二年至一〇六七年	濮王趙允讓之子，過繼給仁宗為嗣。一〇六三年至一〇六七年在位，不到五年。曾向宰輔們提出裁救積弊的問題。英年早逝，終年三十五歲。
趙頊	神宗	一〇四八年至一〇八五年	英宗長子。一〇六七年至一〇八五年在位，共十八年。即位後命王安石推行變法，新舊黨爭由此開始。英年早逝，終年三十七歲。
趙煦	哲宗	一〇七六年至一一〇〇年	神宗第六子。一〇八五年至一一〇〇年在位，共十五年。在位初期，太皇太后高氏聽政，廢除王安石新法，任用司馬光等舊黨。哲宗親政後，起用章惇、曾布等新黨，貶斥舊黨。新舊派系互相報復，黨爭加劇。英年早逝，終年二十四歲。
趙佶	徽宗	一〇八二年至一一三五年	神宗第十一子。一一〇〇年至一一二五年在位，共二十五年。中國歷史上著名的藝術家皇帝，在位期間任用蔡京等奸臣，搞得朝政腐敗、民不聊生。「靖康之變」中被金人俘獲，宗室幾乎全部被押解北上，北宋滅亡。被金太宗封為昏德公，度過九年屈辱不堪的俘虜生活後，病逝於五國城，終年五十三歲。

姓名	廟號	在世（西元）	介紹
趙桓	欽宗	一一〇〇年至一一五六年	徽宗長子。金人南下攻宋，徽宗急忙禪位，趙桓被迫即位。在位僅三年，即在「靖康之變」中被俘。被金太宗封為重昏侯，最終病死於五國城，終年五十六歲。
趙構	高宗	一一〇七年至一一八七年	徽宗第九子。建立南宋，堅持偏安政策，因殺岳飛而留下歷史汙名。一一二七年至一一六二年在位，共三十五年，後禪位成為太上皇。病逝，終年八十歲。
趙昚	孝宗	一一二七年至一一九四年	太祖七世孫，被高宗收為嗣子。被認為是南宋最傑出的皇帝，締造了「乾淳之治」。一一六二年至一一八九年在位，共二十七年，後禪位成為太上皇。病逝，終年六十七歲。
趙惇	光宗	一一四七年至一二〇〇年	孝宗第三子。體弱多病（可能患有精神疾病）、平庸懦弱，使得李后干政；與孝宗長期不和。在位僅五年，即被韓侂胄等人尊為太上皇。病逝，終年五十三歲。

姓名	廟號	在世（西元）	介紹
趙擴	寧宗	一一六八年至一二二四年	光宗與李后次子。與金達成「嘉定和議」。一一九四年至一二二四年在位，共三十年。晚年崇信道教，可能是吞丹致死，終年五十六歲。
趙昀	理宗	一二〇五年至一二六四年	趙匡胤之子趙德昭九世孫，被寧宗收為嗣子。親政初期締造了「端平更化」；後期任用奸佞，沉湎酒色，聯合蒙古滅金。一二二四年至一二六四年在位，共四十年。病逝，終年五十九歲。
趙禥	度宗	一二四〇年至一二七四年	榮王趙與芮之子，被理宗收為嗣子。國難當頭之際，將軍國大權交於奸臣賈似道，自己則縱情聲色。一二六四年至一二七四年在位，共十年。死於酒色過度，終年三十四歲。
趙顯	恭帝（又稱恭宗）	一二七一年至一三二三年	度宗次子。一二七六年，太皇太后抱著五歲的他出城降蒙，十八歲時在元世祖忽必烈的支持下，入吐蕃為僧。史載他因懷念故國之詩，被元英宗賜死，終年五十二歲。

姓名	廟號	在世（西元）	介紹
趙昰	端宗	一二六八年至一二七八年	度宗庶長子，恭宗之兄。不滿十歲即夭折，史稱「宋帝昰」。
趙昺	懷宗	一二七一年至一二七九年	度宗幼子。崖山之敗後，陸秀夫背著年僅八歲的他跳海而死，南宋滅亡。

宋朝重要詞人年表

姓名	在世（西元）	介紹
馮延巳	九〇三年至九六〇年	字正中，五代十國時期南唐詞人，仕於烈祖、中主二朝。對北宋初期的詞人有較大影響。
李璟	九一六年至九六一年	字伯玉，南唐中主。此風清新，「小樓吹徹玉笙寒」是流芳千古的名句。
李煜	九三七年至九七八年	字重光，中主李璟第六子。南唐後主，世稱「李後主」，是光耀千古的君主詞人。降宋後，最終被宋太宗所毒殺。
寇準	九六一年至一〇二三年	字平仲。封萊國公，謚號「忠湣」，後世稱「寇萊公」、「寇忠湣」。
林逋	九六七年至一〇二八年	字君復，宋仁宗賜謚「和靖先生」，人稱「梅妻鶴子」。
柳永	九八四年至一〇五三年	原名三變，字景莊；後改名永，字耆卿。因排行第七，又稱「柳七」。曾任屯田員外郎，世稱「柳屯田」。婉約派代表人物。

姓名	在世（西元）	介紹
范仲淹	九八九年至一〇五二年	字希文，謚號「文正」，世稱「范文正公」。其作《岳陽樓記》，「先天下之憂而憂，後天下之樂而樂」為千古名句。
張先	九九〇年至一〇七八年	字子野。曾任安陸縣知縣，人稱「張安陸」。平生有帶「影」字三句得意，自稱「張三影」。蘇軾的忘年之交。
晏殊	九九一年至一〇五五年	字同叔，謚號「元獻」，世稱「晏元獻」。與其子晏幾道被稱為「大晏」、「小晏」，與歐陽修並稱「晏歐」。曾提攜范仲淹、歐陽修、富弼、韓琦等。
石延年	九九四年至一〇四一年	字曼卿。北宋文學家、書法家。歐陽修的好友。
宋祁	九九八年至一〇六一年	字子京。有名句「紅杏枝頭春意鬧」，世稱「紅杏尚書」。與歐陽修等人合修《新唐書》。
歐陽修	一〇〇七年至一〇七二年	字永叔，號「醉翁」、「六一居士」。謚號「文忠」，世稱「歐陽文忠公」。《新唐書》的主編之一，並獨力完成《新五代史》。「唐宋八大家」之一。
蘇洵	一〇〇九年至一〇六六年	字明允，自號「老泉」。與其子蘇軾、蘇轍合稱「三蘇」。「唐宋八大家」之一。

姓名	在世（西元）	介紹
司馬光	一〇一九年至一〇八六年	字君實，號「迂叟」，謚「文正」。因卒贈溫國公，世稱「司馬溫公」。主持編纂了中國歷史上第一部編年體通史《資治通鑑》。作為舊黨領袖，是王安石的政敵。
王安石	一〇二一年至一〇八六年	字介甫，號「半山」。作為主張變法的新黨領袖，是中國歷史上著名的改革家。封荊國公，世稱「王荊公」。「唐宋八大家」之一。
王觀	一〇三五年至一一〇〇年	字通叟。王安石的門生。
蘇軾	一〇三七年至一一〇一年	字子瞻，號「東坡居士」，是宋代文學最高成就的代表。與其弟子黃庭堅並稱「蘇黃」。與辛棄疾同為豪放派代表，並稱「蘇辛」。作為「唐宋八大家」之一，與歐陽修並稱「歐蘇」。也工於書法，為「宋四家」（蘇軾、黃庭堅、米芾、蔡襄）之一。
晏幾道	一〇三八年至一一一〇年	字叔原，號「小山」。晏殊第七子。
蘇轍	一〇三九年至一一一二年	字子由，號「潁濱遺老」。與其兄蘇軾並稱「大蘇」、「小蘇」。「唐宋八大家」之一。

姓名	在世（西元）	介紹
黃庭堅	一〇四五年至一一〇五年	字魯直，號「山谷道人」。與張耒、晁補之、秦觀遊學於蘇軾門下，合稱為「蘇門四學士」。
李之儀	一〇四八年至一一一七年	字端叔，號「姑溪居士」。早年師從范仲淹之子范純仁，後師從蘇軾。
秦觀	一〇四九年至一一〇〇年	字少遊，世稱「淮海居士」。被尊為婉約派一代詞宗。
米芾	一〇五一年至一一〇七年	字元章。書法「宋四家」之一。蘇軾的好友。
賀鑄	一〇五二年至一一二五年	字方回，自號「慶湖遺老」（賀知章的後裔）。因其貌醜，人稱「賀鬼頭」。有名句「梅子黃時雨」，人稱「賀梅子」。李之儀的好友。
陳師道	一〇五三年至一一〇二年	字無己，「蘇門六君子」之一。
周邦彥	一〇五六年至一一二一年	字美成，號「清真居士」。舊時詞論稱他為「詞家之冠」、「詞中老杜」。
朱敦儒	一〇八一年至一一五九年	字希真，有「詞俊」之名。
李清照	一〇八四年至一一五五年	號易安居士，有「千古第一才女」之稱。其父李格非，為「蘇門後四學士」之一。
岳飛	一一〇三年至一一四二年	字鵬舉，追謚「武穆」，為抗金英雄。

姓名	在世（西元）	介紹
陸游	一一二五年至一二一〇年	字務觀，號「放翁」。也是史學家，著有《南唐書》。與范成大、楊萬里交好。
范成大	一一二六年至一一九三年	字至能，號「石湖居士」。紹興二十四年進士。與陸游、楊萬里、尤袤合稱南宋「中興四大詩人」。
楊萬里	一一二七年至一二〇六年	字廷秀，號「誠齋」。與虞允文、范成大、張孝祥同為紹興二十四年進士。
朱熹	一一三〇年至一二〇〇年	字元晦，號「晦庵」。謚文，世稱「朱文公」。是程顥、程頤三傳弟子李侗的學生，與二程合稱「程朱學派」。是唯一非孔子親傳弟子而享祀孔廟者，位列「大成殿十二哲者」。
張孝祥	一一三二年至一一七〇年	字安國，號「於湖居士」。唐代詩人張籍之七世孫。紹興二十四年狀元。
朱淑真	一一三五年至一一八〇年	號「幽棲居士」。現有《斷腸詩集》、《斷腸詞》傳世。
辛棄疾	一一四〇年至一二〇七年	字幼安，號「稼軒」，被稱為「詞中之龍」。與李清照並稱「濟南二安」。
陳亮	一一四三年至一一九四年	字同甫，號「龍川」，世稱「龍川先生」。辛棄疾的好友。

姓名	在世（西元）	介紹
姜夔	一一五四年至一二二一年	字堯章，號「白石道人」。朱熹、辛棄疾的好友。
文天祥	一二三六年至一二八三年	字宋瑞，一字履善，自號「文山」、「浮休道人」。抗元民族英雄，與陸秀夫、張世傑並稱「宋末三傑」。
蔣捷	一二四五年至一三〇五年	字勝欲，號「竹山」。有名句「流光容易把人拋，紅了櫻桃，綠了芭蕉」，時人稱為「櫻桃進士」。

※本附錄採用大致紀年，可能與不同資料有細微差別。

國家圖書館出版品預行編目（CIP）資料

不讀宋詞，日子怎過得淋漓盡致（南宋篇）/ 鞠菟著 .
-- 初版 . -- 臺北市 : 任性 , 2018.12
320 面 ; 17×23 公分

ISBN 978-986-96500-8-3（平裝）

1. 唐五代詞 2. 宋詞 3. 詞論

820.9304 107018734

WD006

不讀宋詞，日子怎過得淋漓盡致（南宋篇）

作　　者／鞠　菟
責任編輯／陳竑悳
校對編輯／張慈婷
美術編輯／林彥君
副總編輯／顏惠君
總 編 輯／吳依瑋
發 行 人／徐仲秋
會　　計／許鳳雪
版權經理／郝麗珍
行銷企劃／徐千晴
業務助理／李秀蕙
業務專員／馬絮盈、留婉茹
業務經理／林裕安
總 經 理／陳絜吾

出 版 者／任性出版有限公司
營運統籌／大是文化有限公司
臺北市衡陽路 7 號 8 樓
編輯部電話：（02）23757911
購書相關資訊請洽：（02）23757911 分機 122
24 小時讀者服務傳真：（02）23756999
讀者服務 E-mail: haom@ms28.hinet.net
郵政劃撥帳號 19983366　戶名／大是文化有限公司

法律顧問／永然聯合法律事務所
香港發行／豐達出版發行有限公司 Rich Publishing & Distribution Ltd
地址：香港柴灣永泰道 70 號柴灣工業城第 2 期 1805 室
Unit 1805,Ph .2,Chai Wan Ind City,70 Wing Tai Rd,Chai Wan,Hong Kong
Tel：2172-6513　Fax：2172-4355
E-mail：cary@subseasy.com.hk

封面設計／孫永芳
內頁排版／邱介惠
印　　刷／緯峰印刷股份有限公司
出版日期／ 2018 年 12 月 5 日初版
2019 年 9 月 26 日初版二刷
定　　價／新臺幣 360 元
ISBN　978-986-96500-8-3